秘書が薬指についた嘘

マヤ・ブレイク 作

雪美月志音 訳

ハーレクイン・ロマンス

東京・ロンドン・トロント・パリ・ニューヨーク・アムステルダム
ハンブルク・ストックホルム・ミラノ・シドニー・マドリッド・ワルシャワ
ブダペスト・リオデジャネイロ・ルクセンブルク・フリブール・ムンバイ

ACCIDENTALLY WEARING THE ARGENTINIAN'S RING

by Maya Blake

Published by Harlequin Japan, a Division of K.K. HarperCollins Japan, 2024

マヤ・ブレイク

イギリスの作家。妻であり2人の子どもの母でもある彼女がロマンス小説の虜になったのは、13歳のとき。姉から借りた1冊のハーレクインがきっかけだった。そんな彼女にとって、ハーレクイン社でのデビューは夢のようだったと語る。執筆に没頭していないときは、旅行やXが好きだという。

主要登場人物

マレカ・ディクソン……………個人秘書。
カエタノ・フィゲロア…………実業家。
オクタヴィア・モレナ…………カエタノの部下。
アリアナ………………………カエタノの別荘の家政婦。
マヌエル………………………カエタノの別荘の執事。
ミズ・スマイス…………………宝石店の店主。

1

マレカ・ディクソンの人生の大部分は、自分自身を証明するための挑戦だった。

　意志の強さを証明するために目覚まし時計が鳴る前に起床するとか、帰宅してとっておきのアイスクリームを食べるのを先延ばしにできることを証明するために、バスを二つ前の停留所で降りて家まで歩くとか。あるいは、彼のことを考えるのをいつでもやめられることを証明するために、考えそうになるたびに自分を蹴飛ばすとか。

　なぜそんな強迫観念のような思いに駆られるのか、その理由は心理学者に尋ねるまでもなかった。なぜなら、仕事漬けの毎日にもかかわらず、そのことについて熟考する時間が定期的に訪れるからだ。もちろん、今ではない。日曜日の午後六時から八時の二時間、実家に両親を訪ねるときだ。

　今、マレカは大切な届け物をするという任務に集中する必要があった。行き先はナイツブリッジ。さらに詳しく言えば、〈スマイス〉——超高級店の一つで、きょろきょろしているだけで、店員から不審がられたり見下されたりするギャラリーだ。たぶん、マレカの垢抜《あかぬ》けないカーリーヘアと豊満な体型は二度見三度見され、そのたびに少しずつ批判的な目になっていくだろう。洗練されたスーパーカーがポテトチップスと同じくらい日常的で、きれいに毛並みを整えられたプードルがマレカの年収より高価なアクセサリーを身につけている。そんな場所だ。

　今日の彼女は、厳格で要求のきわめて多いボスが不在であることを前提にした服装をしていた。億万長者のボスは今、大西洋の向こう側にいる。髪もざっととかしただけで、彼がいるときにするような念入りなメイクも施していない。それでも、マレカはいつもどおり七時十五分に出社し、昼食をすませた。

彼の下で働くというのも挑戦にほかならず、マレカは勝利を収めた。なぜなら、カエタノ・フィゲロアのヨーロッパにおけるＰＡ——個人秘書を務めたという経歴が履歴書に加わるからだ。これは強力な武器になる、次のステップに進むときの。

いつかそのときが来る。なぜなら……。

いいえ、今はそんなことは考えていない。

マレカは腹部にたまる熱を無視し、携帯電話に目をやった。青い地図は目的地に近づいていることを示している。彼女はポケットの中に黒いカードがあるのを何十回となく指で確かめた。それは、ミスター・フィゲロアが必要とするものを購入するために、今日の午後、彼女のオフィスに届いた黒い箱の中に唯一入っていたものだった。

大西洋のこちら側ではカエタノのＰＡとして、マレカは豪華なイベントを企画したり、贅沢《ぜいたく》な贈り物を購入したりすることに慣れていたが、その規模たるや、想像を絶した。ボスのような男性にとって、こうした出費が日常茶飯事であることを理解するに至るまでは、驚きに顎が外れるような経験の連続だった。

黒いカードがマレカのオフィス宛に届いたということは、彼女の信用度がまったく新しい段階に入ったことを意味していた。そして一時間前にカエタノから電話があり、カナリー・ワーフでの会議が長びき、彼は今もロンドンにいることがわかった。

ボスがそのことをすぐに知らせてくれなかったことに傷ついた自分に、マレカはなぜか狼狽《ろうばい》と当惑を覚えた。そして、それが自分には何か足りないという昔ながらの思いを呼び覚まし、いっそう不安に駆られた。

マレカはかぶりを振り、不穏な気持ちを振り払った。というのも、第一に、これまでで最高の給料を得ている仕事にしがみつく必要があったからだ。第二に、カエタノ・フィゲロアから、彼がセクシーなアクセントで発する言葉の一つ一つに彼女が従うことを期待されていたからだ。

そこで彼女は〝はい、箱が届きました〟と最高に爽やかな声で応じた。その箱の中に入っていた黒いカードの表には住所と電話番号、裏にはコードらしき数字が書かれていた。マレカはナイツブリッジのその住所に行き、彼が到着するまでカードを保管していなくてはならなかった。

もう午後七時近くだが、なんの予定も入っていないマレカは気にしなかった。金曜日の夜の唯一の楽しみはストリーミングサービスと大好きなアイスクリームだけだった。

八センチのヒールに足を突っこんでから十二時間以上たっていて、〈フィゲロア・インダストリーズ〉の高価なデザイナーズ・スーツに窮屈な思いをしているのに、本当に大丈夫なの？

三カ月前の時点で、マレカの勤続日数はカエタノの過去四人のＰＡより長くなっていた。優秀な両親はあざ笑うだろうが、彼女はそれを成功と受け止め、自分の最大の望みを叶《かな》えるための重要なステップと考えていた。それこそが、ボスに抱いてはいけない感情に身をさらすリスクを冒し続ける理由だった。

目的地に到着したことを告げる音が携帯電話からあがり、マレカはびくっとして足を止めた。四階建てのビルの大きなガラス窓をのぞくと、印象的な絵画や美術品が目に飛びこんできた。いずれも目利きの両親が作者の名前を挙げることができるような芸術品ばかりだった。

「すみません、お嬢さん。道に迷われたとか？」

マレカは十数歩先に目の焦点を合わせ、こちらに疑惑のまなざしを注いでいる軍人風の男性を見やった。警備員に違いない。

「いいえ、私はここに用があるんです。お気遣い、ありがとうございます」マレカはそう応じたあと、あたりをざっと見渡したが、目指すギャラリーの看板も入口も見当たらなかった。

おそらく武器のせいだろう、ぱりっとしたジャケットの左胸のあたりをふくらませている男性が少し怖くなり、マレカは踵《きびす》を返した。だが、数歩先で別の警備員と対峙《たいじ》しただけだった。

「お嬢さん、あなたの訪問先はどちらです？」

あたりは不気味なほど静まり返っている。

「ここに用事がないのなら、当局に通報される前に立ち去ったほうがいい」

私はカエタノ・フィゲロアの代理としてここに来たのよ。マレカは自分を励ました。それにふさわしい行動をとらなくては。彼女はポケットからカードを取り出し、身を守る盾か何かのように目の前に掲げた。「約束があるんです」

二人の警備員が示した反応はいささか滑稽だった。

「もちろん、そうでしょう、マダム。誤解をお詫《わ》びいたします。どうぞこちらへ」警備員の一人がマレカを短い階段へと案内した。

そこをのぼると、取っ手が見えない三メートルのドアが内側に開き、広々としたホールが現れた。マレカはぎょっとした。

警備員に促され、マレカは足を踏み入れた。金色に輝くクリーム色の大理石に、ヒールの音が響く。数歩進んだだけで、マレカは気づいた。この壮大なホールはギャラリーの一部なのだと。巨大な絵画の下に大きな長椅子が置かれているのを見て、彼女は思った。私はボスが到着するまであそこで待つのだろうかと。美術品を鑑賞するふりをしながら？

「マダム、エレベーターでご希望の階までお連れします」警備員が言い、奥のエレベーターまでマレカを案内した。「カードの裏面にあるコードを入力してください」

マレカはうなずき、手が震えないよう祈りながら慎重に数字を入力した。すると、エレベーターのドアが静かに開き、彼女が中に入った瞬間、警備員が手を伸ばして二階のボタンを押した。

「ごゆっくり、マダム」

言葉を発する自信がなかったので、マレカはただうなずいた。そしてドアが閉まると壁にぐったりともたれたが、上昇するにつれて緊張が募った。

カエタノ・フィゲロアは絵画を手に入れるために私をここに送りこんだのではないらしい。だとしたら、なんのために？

気持ちを落ち着かせるには、エレベーターの到着はあまりにも早すぎた。マレカは喉をごくりと鳴らしながら、汗で湿った手のひらをスカートで拭い、窓のないフロアに出た。壁は床から天井までクリーム色のシルクのカーテンで覆われ、足元には豪華な絨毯《じゅうたん》が敷かれている。階下と同じく無人だったが、マレカは部屋の中央に鎮座するいくつかのガラスのキャビネットに近づくなり、なぜ自分がここにいるのかおぼろげに察した。指紋一つないガラスの下に、彼女がこれまで見たこともない見事なジュエリーがずらりと並んでいたからだ。

最初のキャビネットには、動物をテーマにしたブローチが並んでいた。目と尻尾をダイヤでしつらえた黒豹《くろひょう》、サファイアとエメラルドとルビーの羽を持つハチドリ、イエローダイヤの鱗《うろこ》を持つ蛇。

二つ目のキャビネットには、これまた見たことのないヘッドドレスや王冠が並んでいた。

息をのむようなネックレスやブレスレットが陳列された三つ目のキャビネットに目を奪われていると き、背後で女性の控えめな咳払《せきばら》いが聞こえた。振り向くと、上品な身なりをした細身の女性が数メートル先に立っていた。

細いウエストをさらに絞り、膝まで広がる黒のボートネックのドレスに身を包んだその女性には、計り知れないほどの魅力があった。マレカを戸惑わせたのは、彼女がかけている箱型の眼鏡や、かつらに違いない極端に切りそろえられたセーブルブラックのせいかもしれない。あるいは、直感でコンタクトレンズだとわかった鮮やかな青い瞳のせいかもしれなかった。

年配の女性は一歩前に踏み出し、丁寧に手を差し出した。「私はミズ・スマイス」彼女は抑揚のまったくない声で自己紹介した。

マレカは彼女の手を取った。握手も声と同様、まったく感情がこもっていなかった。

「マレカ・ディクソンです」

ミズ・スマイスはマレカの持つカードを見やった。

「ミスター・フィゲロアがいらっしゃるかと……」

「あの……私は彼のPAです。彼は仕事で遅れるため、私を代理でよこしたんです。約束の時刻に遅れては申し訳ないと」

スマイスはかすかに不愉快そうな表情を浮かべたものの、落ち着き払っていた。「あなたが彼の代わりに私の作品を選ぶのですか？」

マレカは視線をキャビネットに戻した。心臓がどきどきする。頭では、この謎めいた女性に、カエタノが来るまで待つと答えるのがいちばんだとわかっていた。でも、とマレカは思い直した。私がフィゲロアのPAとしてここまで持ちこたえられたのは、直感に従ったからではないかしら？

虚勢を張って彼女はうなずいた。「はい、そうします」だけど、カエタノ・フィゲロアから明確な許可を得ていないのに、見知らぬ受取人のために私が品物を選んでもいいのだろうか。高価な品々を目にして、臆したりしないかしら？

「かしこまりました」女性の顔に楽しげな表情がちらりと浮かんだ。そして、右の壁に向かってリモコンのような装置を向けた。すると、重厚なシルクのカーテンがスライドして小さなキャビネットが現れた。そこには数十の婚約指輪が並んでいた。

マレカは衝撃に襲われた。それにはある特定の理由があった。彼女の夢に登場する男性が皆、モスグリーンの瞳とウェーブのかかったダークブラウンの髪を持ち、身長が百八十センチを優に超えているのと同じ理由が。さらに、彼らがアスリートのような体型をしていて、幅広い肩と引き締まったヒップを持っているのも、骨盤を溶かすようなアルゼンチン訛《なま》りで話すのも、同じ理由からだ。

昨年、G7サミット関連でボスとイタリアに出かけた際、マレカはこれまでで最も無謀で愚かなことをした。もし両親に知られたら、勘当されたかもしれない。ボスからディナーに誘われ、彼に激しい恋心を抱きながらデザートまで食べ終えてしまったのだ。この世で最も魅力的で、ハンサムで、タブロイド紙によれば最も冷酷な男性に。

マレカはすぐにその恋心が無益であることに気づき、心の奥深くに葬り去った。けれど、白いベルベットのトレイに並んだ婚約指輪を見て、胸に苦痛が渦巻いたことから察するに、どうやら完全に葬り去ることはできなかったらしい。

「ミス・ディクソン？」

マレカははっとして我に返り、自分の名を冠したこの超高級店の経営者に視線を移した。

カエタノが誰と婚約したのか、ミズ・スマイスにききたいという激しい衝動に駆られたが、ぐっとこらえた。無分別なことを聞き出そうとしたことを知られたら、解雇されかねない。マレカはなんとか落ち着きを取り戻し、コーヒーテーブルの前に移動した。そこには、シャンパンのボトルが入ったアイスペールに、二つのグラス、チョコレートトリュフが盛られた純銀製のトレイが置かれていた。

マレカは、同じヴィンテージもののシャンパンをボスの指示で重役たちに大量に配ったことがあり、その法外な値段を知っていた。だが、今マレカが直面しているのは、そんなありふれた用事ではなく、ボスの人生が一変する出来事だった。

カエタノ・フィゲロアは、〝世界で最も魅力的な独身男性リスト〟から外れることになるのだから。

ソファに腰を下ろし、指輪の並ぶトレイを見ながら、マレカは膝が小刻みに震えているのを意識した。カエタノはどれを婚約者に贈りたいと思うだろう？　珍しいブルーダイヤ？　それとも、バゲットのサイドストーンがついたペアシェイプのピンクダイヤ？

ミズ・スマイスは一歩前に出てボトルを持ち上げると、優雅なしぐさでシャンパンをグラスについだ。

マレカは冷えたグラスを受け取りながら、そのしぐさが生来のものなのか、培われたものなのか、気が散って判断できなかった。

彼女は気持ちを静めるためにシャンパンを一口飲んだ。愚かな片思いをかき消すには、ヴィンテージもののシャンパンが最適だ。

そのとき、携帯電話の着信音が鳴り響いて心臓が跳ね、マレカは急いでグラスを置き、電話に出た。聞こえてきたカエタノ・フィゲロアの声に、胃がひっくり返り、思わず携帯電話をぎゅっと握りしめた。

「はい、今〈スマイス〉にいます」

「よろしい《ムイ・ビエン》。僕は三十分以内に着く。百のサンプルを隈《くま》なく見比べるつもりはない。すぐに選べるよう、いくつか候補を見繕っておいてくれ」

「それで……これはあなたが必要としているものですか？　婚約なさるんですか？」つい口が滑り、マレカは悔やんだ。

つかの間、沈黙が落ちた。

「そうだ《シ》」その言葉は、いつもと同じく深みがあり、揺るぎのない声色で発せられた。

マレカの中で何かが死んだ。同時に、両親から罵倒されるたびに働く防御本能が頭をもたげた。「おめでとうございます」

またも沈黙が落ちた。前よりも長い沈黙が。彼女をじらすためなのか、もったいぶってのことなのか。いずれにせよ、カエタノがマレカの気持ちを気にするなどありえない。

ようやく彼は応えた。「ありがとう《グラシアス》」

「プレスリリースを出しますか？　私が――」

「その必要はない。すべて手配済みだ」

なじみ深い感覚――自分に対するふがいなさがこみ上げ、マレカは苦痛に襲われたが、深呼吸をしてやり過ごした。「わかりました。では、到着をお待ちしています」

「ああ」短い一言でカエタノは電話を切った。

マレカはシャンパンをもう一口飲み、これはいいことだと自分に言い聞かせた。カエタノが〝魅力的な独身男性リスト〟から消えれば、もう彼のことで思い悩まされることはなくなるのだから。アブルッツォでのディナーで二人が分かち合ったあの時間、ボスが私にキスをすると百パーセント確信していたあの瞬間のことを、もう思い悩む必要はない。夜と週末をもっと生産的なことに使うことができる。たとえば、若い女性たちが自分自身を主張できるような慈善団体を立ち上げるという夢への第一歩を踏み出すとかに。それくらいの貯蓄はある。

いいえ、まだまだ充分じゃないわ。頭の中でささやく声に、マレカは耳をふさごうとした。

でも、もし失敗したら？

胸を締めつけられながらもマレカはその不安を脇に押しやり、きらきら輝く指輪を見つめた。気持ちを奮い立たせようとシャンパンをもう一口飲んでから、彼女は指輪を一つ取り上げ、楕円形《だえんけい》のダイヤの輝きに息をのんだ。

それを戻し、別の指輪を、さらに別の指輪をと、次々に手を取った。どれもこれもため息がもれそうなほど美しく、ゴージャスだった。

マレカはそれを試しにはめてみるつもりはなかった。はめてみたいのはやまやまだが、そんなのは狂気の沙汰だ。彼女は最後に手にした指輪をしぶしぶ戻すと、水のボトルを手に取り、グラスについだ。

十五分後、マレカは八つの指輪に絞った。どれも非の打ちどころがなく、女性なら誰でもうっとりするだろう。特に、カエタノ・フィゲロアのような男性が片膝をつき、彫りの深い顔を上気させて……。

だめよ、そんな場面を思い描いては。マレカは自らを戒め、まばゆいばかりの指輪、とりわけクッションカットのダイヤに視線を戻した。

なんて美しいのだろう。ちょっとくらいなら、はめてみてもいいんじゃない？　内なる声がそそのかす。もうこんなチャンスは二度とないのだから。

その声に屈してグラスを置き、指輪に手を伸ばしたとき、マレカの口から衝動的な笑いがもれた。アルゼンチン人男性が指輪を彼女の指にはめ、初めてのキスで美しい物語を完成させるという妄想が頭の中でふくらんだからだ。

マレカは驚きに打たれながらも、シャンデリアの下で手をあちこちに向けた。すると、ダイヤが燃えるように輝き、思わず息をのんだ。「あなたって、本当にすてき」ほろ酔い気分で無生物に話しかけていることを自覚しながら、彼女はまたくすくす笑い、もっとよく見ようと手を掲げた。「あなたは人の心を惑わすほど美しい」

突然の咳払いにマレカは小さな悲鳴をあげ、弾《はじ》かれたように立ち上がった。誰が来たのかすぐにわかった。呆然《ぼうぜん》として、一メートル先に彫像のようにたたずむカエタノ・フィゲロアの姿を見つめる。鮮烈なモスグリーンの瞳が食い入るように彼女を見すえていた。両手をポケットに突っこみ、オーダーメイドのジャケットの前をはだけて。ネクタイも緩んでいるが、マレカはその一見リラックスしている様子にだまされなかった。

カエタノの胸中のすべてがその目に表れていた。いらだち、不信感、冷笑。もしかしたら哀れみも？　彼女は思わずあとずさりした。

それらは、マレカがしばしば両親の目に認める感情だった。とはいえ、この男性の目にあるものは、両親の百倍も強烈だった。カーペットにかかとを引っかけてあえぎながら、彼女はもう一歩後ろに下がった。その拍子に大きくよろめき、両方の腕をばたばたさせながら転倒を覚悟して目を閉じたとき、力強い腕が彼女の腰を、もう一方の腕が肩を包みこんだ。そして、たくましい体に引き寄せられ、マレカは彼を全身で感じた。

「大丈夫か？」

彼の息が耳たぶをかすめ、マレカは身を震わせながら目を開けた。その反応はおそらく、二人がいる場所、宝飾店の希薄な空気、数分前に耽溺《たんでき》していた空想、あるいは以前から感じていたボスの男としての野性的な魅力が重なったせいに違いない。彼女は自分にそう言い聞かせた。そして、彼の肩に腕をまわし、うなじにかかった髪に触れた。

「はい……私は……大丈夫です」マレカは息も絶え絶えに答えた。

カエタノは彼女を抱いたまま、疑うかのようにじっと見下ろした。にわかに血が濃くなり、息が乱れる。唇に注がれているボスの息も荒くなるのを、彼女は期待した。ああ、もうすぐ天国にいるような気分を味わえるかもしれない……。

そのとき、耳をつんざくけたたましいベルの音が響き渡り、マレカは仰天した。すぐにカエタノが身を起こし、彼女をまっすぐ立たせた。彼の視線がみるみる険しくなる。

「僕が思うに、今のはそういうことなのか？」

魔法のように現れた店の主人はうなずいた。「残念ながら、そのようです。私たちはただちに避難しなければなりません。どうぞこちらへ」返答を待たずに、ミズ・スマイスは踵を返した。

カエタノはマレカをちらりと見て解放し、ぶっきらぼうに言った。「きみから先に、ミス・ディクソン」

マレカは一歩踏み出したものの、足がすくむのを感じて動揺した。いまだに渇望感を覚えていた。

背後にカエタノの気配を感じ、ミズ・スマイスのあとを追って足を速めた。だが、階段の手すりをつかんで一段下りたところで、またよろめいた。

背後でカエタノが悪態をつくのが聞こえたかと思うと、いきなり力強い手に脚をすくわれ、マレカは驚いた。「何を……するんです？」彼の固い胸に押しつけられ、彼女は言いよどんだ。

「僕たち二人が焼け焦げになるのを防いでいる」

つかの間マレカは目を閉じ、腿の下と背中にまわされたボスの腕と、彼の胴の波打つ筋肉を強く意識した。「自分で歩けます」弱々しい声で抗議する。

「そのヒールで速く歩くのは難しい。特に緊急時には」

マレカは赤面し、自分が役立たずであることを改めて思い知らされた。私の欠点は常に頭をもたげる準備をしていて、私を辱める機会を狙っているのだ、と。「まあ、もしあなたがスーパーヒーローのように私をさらわずにもう一秒待ってくれていたら、迅速に行動するために靴を脱いでいたでしょう」

傲慢とも言えるほどの確信を持って吹き抜けの薄

暗い階段を下りながら、カエタノは乾いた口調で返した。「今日はそんな悠長なことはしていられない。そのシーンは次の救世主に演じてもらえばいい」

カエタノが足を速めると、マレカは彼のシャツに指を食いこませた。「そうね。またこんな状況に追いこまれたらね」

その言葉は、意図したよりもずっと悲しげに聞こえ、マレカの顔はさらに熱くなり、視線は彼のこわばった顔に釘《くぎ》づけになった。その場の雰囲気を和らげる何かを探したが、胸にしまっておいたほうがいいような考えしか浮かばず、彼女は小さなうめき声をもらした。というのも、ボスが彼女を、顕微鏡で標本を観察するかのように凝視していたからだ。

ほどなく、二人が建物を出たこと、そして広場に人だかりができていることに、マレカは気づいた。けれど、カエタノの視線を断ち切ることができないうえ、彼の男らしい香りに鼻をくすぐられ、それどころではなかった。彼の胸に添えていた手を通して伝わってくる鼓動は速く、呼吸は乱れている。そして次の瞬間、彼の視線がまたも彼女の唇に注がれた。

マレカの意識は再びアブルッツォでのあの夜に引き戻された。カエタノ・フィゲロアにキスをし、ラテン系の情熱が想像していたとおりかどうか確かめたいと切望した夜に。

ほんの三十分前、このばかげた展開を誰が想像しただろう？　ボスが別の女性に贈る婚約指輪を私が選んでいたときに？

ふいにフラッシュがたかれ、マレカは目を見開いた。彼女が外し忘れたダイヤの指輪が、まばゆい明かりの中に浮かび上がる。

二人は同時に息をのんだ。

2

もちろん、これは起こるべくして起こったのだ。

この三カ月間、僕は次々と災難に見舞われた。母はひそかにリハビリ施設に入ったが、これも父を苦しめ、僕の気を引くための策略だったに違いない。

直近に結んだ契約においても、カエタノは崖っぷちに立たされていた。形ばかりの婚約者が、一カ月前に合意したはずの婚前契約書に署名するのを拒んでいるのだ。

そして今、カエタノの傍らにはほろ酔いのロンドンPAがいた。自分がヨーロッパでのビジネスを可能な限りリモートで行うことを選んだ理由を、アブルッツォで自分が公私を混同しそうになった理由を、

彼は知っていた――心の底では。

カエタノは、立ち向かっても無駄だと知りつつ、フラッシュがたかれたほうに顔を振り向けた。撮られた写真は今頃、貪欲なタブロイド紙の受信トレイに入っていることだろう。彼は喉から噴き出しそうなうなり声を噛《か》み殺《ごろ》した。

マレカに視線を戻したカエタノはいらだちを覚えた。まったく、危うくキスするところだった。もし彼女がスーパーヒーローに関するばかげた会話で僕《ディオス》の気を散らさなかったら、もっと慎重に行動していたはずだ。腕の中の彼女の心地よい重みを楽しんだり、肌の柔らかさと弾力に驚嘆したり、彼女の唇はどんな味がするのかと想像したりすることもなかっただろう。

これはすべてマレカ・ディクソンのせいだ……。

彼女が息をのみ、そしてそのおいしそうな唇をとがらせた。「なんですって？」

足音が近づいてきたとき、カエタノは声に出してつぶやいていたことに気づいた。マレカを下ろすと同時に彼のボディガードが到着したが、彼女の怒りに満ちた顔から目を離せなかった。

「私のせいって、どういう意味です？」

カエタノは胸に添えられていた彼女の左手を目で示した。そこにはダイヤの指輪が光り輝いていた。そして彼女には、少なくとも顔を赤らめる奥ゆかしさがあった。「ミス・ディクソン、僕はきみの思慮深さを評価して雇った。だが、これは思慮深いとはとうてい言えない」

彼女が口を開こうとしたとき、ボディガードが口を挟んだ。「すみません《ペルドン》、セニョール・フィゲロア。精いっぱい急いで駆けつけました」

マレカから目を離せないことに、カエタノはいらだった。突然鳴りだした火災報知器を責めるのは論外だ。できることと言えば、緊張と反発心が入りまじった表情で彼を見つめ、指輪を隠すために拳を握った女性に怒りを向けるぐらいしかなかった。

「今さら隠したって遅いよ」

「私のせいじゃないわ。火災報知器が鳴ったとき、指輪のことを言おうとしたのに、あなたが有無を言わさず私を抱きかかえたから……」

話すうちにＰＡの顔の赤みが増し、なぜかカエタノは彼女の口元を見つめていた。とてもみずみずしく、きれいなピンク色の唇を。

自分の中で熱が渦巻くのをカエタノは呪った。こんなことをしている場合ではない。まして部下を相手に。

人生の危機を招いているもう一人のＰＡのことを思い出し、カエタノは顎を引き締めた。彼が感情的なもつれとは無縁の生活を続けているのには相応の理由があった。

「車をまわしてくれ。すぐに出発する」ボディガードに指示したあと、彼女に言った。「ミス・ディクソン、きみも一緒に来るんだ」

「でも、思い出したの……」

カエタノは眉をひそめた。「何を？」

彼女は繊細な顎をぐいと上げた。「今夜は予定があるんです」

おそらく、マレカは僕に迷惑をかけたくないと思って断ろうとしているに違いない。カエタノは自分にそう言い聞かせた。「キャンセルすればいい」

彼女の目には反抗心がちらついた。「どうして私がそんな命令に従わなければならないの？」

カエタノは引きつった笑みを浮かべた。「なぜなら、人事部のハードディスクに保存されている雇用契約書には、僕がこの街にいるとき、きみは二十四時間態勢で僕のサポートをしなければならないと明記されているからだ。その代わり、僕が不在のときは、きみは自分の時間を持てる。きみは自ら契約書に署名したと思うが、僕の思い違いだろうか？」

声はいたって冷静だったにもかかわらず、彼女を見下ろすカエタノの気持ちは揺れ動いていた。彼女がこんなふうに反抗的な態度をとったのは、僕が気づいた限りでは初めてだ。危うくキスをしそうになったときのことと何か関係があるのだろうか？　僕への思いを募らせるという重大な過ちを犯したＰＡは、マレカ・ディクソンが初めてではない。それが彼女の前任者三人を解雇した理由だった。

だが、あのアブルッツォでの異常な一夜を除けば、マレカはこの一年半、なんの問題もなく効率的に仕事をこなしてきた。僕が驚くほどに。

僕は間違っていたのだろうか？　また新たな火種を抱えこんでしまったのかもしれない。

「まあ……確かに」彼女が口を開いた。「でも、まさか本当に要求されるなんて……」

「僕に合わせてもらうために、秘書にスケジュール表を送らないといけなかったとは知らなかったよ」

マレカの顔がわずかにこわばった。「そんなふうに皮肉をおっしゃる必要はないわ」

胸の中でまだ火花が散っていることに気づき、カエタノは彼女に一歩近づいた。「重大な判断ミスを反抗的な態度でごまかすのはやめてくれないか？」

マレカは彼の顔から待機している車に目を移し、それからうなずいた。「わかりました」

「きみは今晩初めてまともな返答をした」彼はそう言って手ぶりで彼女を車へと促した。「乗って」

マレカは車に向かって一歩踏み出したものの、またも足がふらついた。それを見て、カエタノは〈スマイス〉の店内のテーブルの上に飲みかけのシャンパンが置かれていたのを思い出した。今、彼女が頬を赤く染めているのは単なる羞恥のせいだろうか、それとも酒のせい？

カエタノは、なぜ自分がそんなことにこだわるのか、よくわからなかった。不穏な感情を振り払おうとしたが、マレカが踵《きびす》を返すのを見て、うなり声がもれるのを止められなかった。「きみは僕の忍耐力を試しているのか、ミス・ディクソン？」

「ごめんなさい。でも、火災報知器はもう鳴りやみました。二階に戻らなくてもいいんですか？」

彼の口元に冷ややかな笑みが浮かんだ。「僕たちが公衆の面前に姿をさらし、写真を撮られたことを考えると、店内に戻るのを許されるとは思えない」

マレカは目を見開いた。「どうして？」

「ミズ・スマイスはとびきり慎重だからだ。再入店はいずれ許可されるだろうが、今夜は無理だ」

彼の言葉が本当かどうか確かめるかのように、マレカは肩越しに建物を振り返った。

我慢の限界に達し、カエタノはいきり立った。だが、大きく息を吸いこんだとたん、階段を下りるときも嗅いだマレカ独特の香りが鼻孔を刺激し、頭がくらくらした。それでも、彼はきっぱりと言い渡した。「さあ、乗るんだ」

観念したのか、あるいは、ボスの怒りに恐れをなしたのか、マレカはおとなしく従った。そして、シートベルトを締め終えるやいなや、彼にあてつけるかのようにダイヤの指輪を外し、手のひらにのせた。

「お返しするわ」

「いや、今のところ、きみがつけていればいい」

マレカはぽかんと口を開けた。「でも、返さなくていいの？　それとも、これを婚約者に？」

シートベルトを締めながら、オクタヴィアのこと、そして彼女がアルゼンチンでやっていることを思い出し、カエタノは気分が悪くなった。車を発進させてから、彼はマレカが差し伸べた手のひらにある指輪を見つめ、それが気に入ったことをしぶしぶ認めた。一方で、その指輪がオクタヴィアの好みではないと確信した。派手さが足りない。

「ミスター・フィゲロア？」彼女の声はしっかりしていたが、ほんの少し呂律《ろれつ》が怪しかった。

「シャンパンはどれくらい飲んだんだ？」

「今なんて？」

「聞こえたはずだ」

マレカは不愉快そうに眉根を寄せ、唇を引き結んだ。「別に大したことじゃないわ。朝食のあとは何も食べていないし、二杯目は飲むべきじゃなかったのかもしれないけれど、あそこでの混乱を私のせいにするのはフェアではないと思う」

そうかもしれないが、地獄のような三カ月間を過ごした彼は寛容になれなかった。「そうか？　僕なら、混乱を避けるための方法を少なくとも半ダースは思いつくが」

「謝ってほしいのね？　いいわ。ごめんなさい」

カエタノは驚いたが、やがてリラックスしてシートの背にもたれた。「まだ名誉挽回《めいよばんかい》のチャンスはある。事態がどの程度悪化するかにかかっているが」

ホテルに入ったとき、ポケットの中で携帯電話が振動し、カエタノは新たな危機の到来を予感した。そして、広々としたロビーを横切るときに向けられた多くの視線から、さっき撮られた写真が早くもインターネットで流布されているに違いないと悟った。

喉までこみ上げた罵り声をなんとかこらえながら、カエタノは歩調を緩めた。この事態を引き起こした張本人が後ろをおどおどと歩いていることに気づいたからだ。イギリスに滞在するときの定宿にしている五つ星ホテルのシャンデリアの下で、ダークブロンドの髪が輝いている。それを見たとたん、彼らしからぬことを口にした。

「髪型がいつもと違う」

マレカは目を輝かせ、肩にかかる髪に手を伸ばした。「ええ、ときどき自然に任せているんです」

「もともとはストレートじゃないのか？」

「ええ」

もう二度とストレートにしないようにと言いたい衝動を、カエタノは抑えこんだ。いったい僕はどうしたんだ？　この三カ月間に襲われた災難の副作用だろうか？

両親の結婚は破綻寸前で、経済的な事情によってのみ結びついているにすぎない。カエタノは二人の板挟みで苦しんでいた。彼は息子としての役割に無頓着だったが、最近、アルコール依存症の母の感情がますます不安定になり、ただでさえぎくしゃくしていた両親との関係に神経をとがらせていた。そして、先だってブエノスアイレスに戻った彼を待っていたのは、また別のドラマだった。

カエタノはエレベーターのボタンを押した。マレカはためらい、警戒心もあらわにこちらを見ている。二人きりになった瞬間、彼は歯がゆい思いで彼女に言った。「いくつかの問題について整理しよう。毎日どれくらい酒を飲むんだ？」

「まあ、驚きだわ。いくらボスでも、そんなことを尋ねる権利はないはずよ」

カエタノは深呼吸をしてポケットに手を突っこんだ。さもないと、手を伸ばしてマレカの繊細すぎる顎をつかんでいただろう。裁判沙汰になるのを覚悟のうえで。

「きみは僕の指示で動いているのだから、僕にはその権利があると思わないか？」

「さっきも言ったけれど……」マレカは憤然として言った。「普段はお酒は飲まないわ。さっきは、空腹だったから、おなかを満たすためにシャンパンを飲んだだけ」

カエタノは彼女をじっと見つめ、その頑《かたく》なさの裏にあるものを見ようとした。彼女の純粋な怒りは、彼の疑いを晴らすのに充分だった。「わかった、信じるよ」

マレカはわずかに肩をすくめ、少し鼻にかかったような声で応じた。「ありがとう」

なぜかカエタノは愉快になった。アルコール依存症の母のことを考えれば、そんな気分になれるわけがないのに。

ホテルのペントハウスに入ると、彼の帰りを狙ったかのように携帯電話がまた鳴った。カエタノはそれを無視してリビングルームを横切り、コーヒーテーブルから受話器を取り上げ、ルームサービスを頼んだ。そしてクリスタルのカラフェからグラスに水をついだ。それから玄関ホールとリビングルームの間のアーチのそばに立っているマレカに近づき、グラスを差し出した。

「飲むといい。十五分ほどで夕食がくる。僕は電話をかけなければならないから、そのあとで話そう」

彼女の目を一瞬警戒の色がよぎった。「何を話すの？」

カエタノは書斎に向かう途中で足を止めた。「ミス・ディクソン、これからの十五分が重大だ。きみにとってよりよい結果になるよう祈るがいい」

カエタノが何を言っているのかわからず、確かめようとマレカが口を開いたときには、彼の姿はなかった。手が震え、グラスから水が大理石の床にこぼれ落ちる。彼女は顔をゆがめ、水をひと息に飲んだ。もっと早くシャンパンを断っていたら、私は今ここにいなかったのに……。

でも、何も悪いことはしていない！　起こりうるかもしれない危険から救ってほしいと頼んだこともない。マレカは唇を噛みしめた。

ヘインズボロー・ホテルのペントハウスの豪華なリビングルームに足を踏み入れると、マレカはダイヤの指輪を握りしめていた手を開いた。

マレカはその指輪がとんでもなく高価なものであることを確信した。なのに、カエタノは安物のアクセサリーのように扱った。彼と謎めいたミズ・スマイスは、火災報知器が鳴ったとき、指輪を守ろうとしなかった。マレカは、ボスが私を信頼しているからだと思いたかった。あるいは宝石商が金持ちの顧客となんらかの協定を結んでいるからだと。

それでも、マレカは腹の底から湧き上がる苦い感情を抑えられなかった。カエタノのような人たちが弄んだり無駄にしたりしたお金が、誰かの人生を変えるかもしれない。その変化が、誇らしく輝かしい人生をもたらす場合もあれば、自信喪失や単調な生活に苛《さいな》まれる人生をもたらす場合もある。前者のような変化をもたらすために、マレカは慈善事業を立ち上げたいと誓ったのだ。見つめれば見つめるほど、金持ちの浪費の象徴のような指輪をどこかに捨ててしまいたくなった。

マレカは廊下をぶらぶらと歩いて開け放たれたドアに近づくと、カエタノが母国語で話しているのが聞こえ、足を止めた。

「この事態を十分程度で収拾できると思うなんて、まったくもって僕は浅はかだった」

その言葉があてつけのように感じられ、マレカはたじろいだ。

「それで、彼女は今、何を望んでいるんだ？」

マレカは息を凝らした。盗み聞きをしてはいけないとわかっていながら、動けなかった。

数秒後、彼が笑いだした。「本気で言っているのか？　そんなことはさせない。直接、彼女と話す」

通話終了を告げる機械音に、マレカは顔をこわばらせた。すぐに立ち去らなくては。

だが、足は言うことを聞かなかった。カエタノが再び電話をかける間、マレカは高価な指輪を握りしめたままその場に立ちつくした。

「オクタヴィア……」カエタノがささやいた。

マレカの心臓が喉元までせり上がった。オクタヴィア・モレナはカエタノのアルゼンチン人PAだった。写真で見る限り、どんな女性をも自信喪失に陥らせるほど、きわめて美しかった。部屋の外にいてさえ、六年以上カエタノのために働いているPAの、熱くねっとりした声が聞こえてくる。

「まだ婚前契約書に署名するのを拒んでいるそうだな」カエタノはいらだちをにじませて言った。そしてオクタヴィアがどう答えたにせよ、彼はため息をついた。「ブエノスアイレスを発《た》つ前に合意したはずだ」しばしの間を挟んで彼は続けた。「もちろん、きみのことは大切に思っている。だが――」

電話の向こうから難詰するようなスペイン語があふれ出すと、カエタノは押し黙った。

マレカは目を見開いた。今日に至るまで、彼女の恐るべきボスにそんな言い方をする人は一人もいなかったからだ。カエタノ・フィゲロアと時おり衝突しながらも厳格な関係を築いてきたマレカは、彼が従業員と関係を持つことはないと確信していた。そのため、カエタノがオクタヴィア・モレナとつき合っているという噂《うわさ》が流れたとき、悪意のあるデマだと一蹴していた。

けれど今、二人の激しいやり取りを聞いて、マレカは自分が間違っていたことを思い知らされた。だって、これは痴話喧嘩《ちわげんか》としか思えないもの。

胃がきりきりと痛み、軽い吐き気を催して、口元に手をあてがった。シャンパンを飲むんじゃなかった。それに、ボスの機嫌を考えれば、盗み聞きはやめたほうが身のためだ。

でも、ボスの言う〝十五分〟とはなんだったのだろう？　ふと思い立ち、マレカは携帯電話を取り出そうとバッグの中を探った。カエタノが言いたかったのはただ一つ、〈スマイス〉から出たときに撮られた写真のことに違いない。

そのとき、またカエタノの声が聞こえてきた。

「オクタヴィア、期限を区切って僕を脅したところで僕が折れると思ったら大間違いだ」相手が黙りこんだのか、彼は鋭く息を吸いこんでから言葉を継いだ。「もううんざりだ《バスタ》。別の電話がかかってきている。かけ直すよ。それまでにじっくり考えてくれ」

ドアベルが鳴った。

マレカは盗み聞きがばれないよう急いでドアに向かった。ドアを開けると、シェフが立っていた。彼は〝マンァーノ〟と名乗り、慣れた様子で銀色のワゴンを運び入れた。改めてこの一夜に少し不安を覚えながら、マレカは彼のあとを追って、床から天井までロンドンの夜景が広がる部屋に入った。

シェフはすばらしい香りのする料理をスモークガラスの食卓に並べ、カトラリーを調えた。それから、丁寧にお辞儀をして出ていった。

静寂の中にいきなり激しいスペイン語が飛び交い、マレカは数分間その場に釘《くぎ》づけになった。けれど、おいしそうな匂いと空腹感に突き動かされ、テーブルに向かった。最初の大皿に盛られたロブスターのグリルと野菜のローストに、思わずよだれが出かかる。銀の皿には〝アルゼンチン風ステーキとアスパラガスのバター焼き〟と書かれたメモが添えられていた。さらに、高級グルメ雑誌に掲載されそうな料理が六品も並び、彼女の我慢は限界に近づいた。

恐ろしいことにすっかり頭から消えていたダイヤの指輪をはめ直したとき、夕食後に話があるから食べておくようにとボスが言ったことを思い出した。

そこで、マレカはまず彼のために料理を取り分けて持っていこうかと考えた。しかし、廊下を伝わってくる彼の激した口調に恐れをなし、かまわずにいたほうがいいと思い直した。

テーブルの真ん中に置かれた最上等のワインのボトルを無視し、水を飲もうとしたとき、カエタノがやってきた。優雅な肉食動物やジャングルの王を思わせる足どりで。そんな彼を見るつもりはなかった。美術館を飾る見事な作品を思わせる顔を見るつもりも。

とはいえ、見なければ、カエタノが放つエネルギーを感じたり、彼が何かにいらだっている気配を感じ取ったりもしないということにはならない。彼が近づくにつれてマレカの中に疑問が湧き起こった。その何かが自分に関わっているのではないかと。

十五分後……。

マレカの視線は、彼のこわばった唇と広い肩に注がれていた。彼は明らかに不快感を漂わせている。彼女は咳払《せきばら》いをした。「大丈夫ですか?」

「あいにく、大丈夫ではない、ミス・ディクソン」

カエタノは冷ややかな声で答えながら、テーブルをまわって彼女に近づいた。そしてモスグリーンの瞳で彼女を射抜き、携帯電話をテーブルの上に置いた。

マレカは数秒間、カエタノを見つめ続けた。彼に催眠術をかけられたかのように目を離せなかったからであり、また、彼の携帯電話を見るのが少し怖かったからでもある。

結局、好奇心が勝り、マレカは携帯電話に視線を落とした。その瞬間、心の奥底からあえぎ声がもれた。カエタノの低く獣のようなうなり声が動揺に拍車をかけた。

「状況は僕の想定よりずっとひどい」

「私……それは……どうして……」画面に呼び出された鮮明な画像についてコメントするより黙ったほうが賢明だと判断し、彼女は口を閉じた。

けれど、確かに、これより悪い状況は考えにくかった。マレカはボスのシャツの中に深く手を差し入れて彼をじっと見つめ、カエタノもまた彼女を見つめている。そして何よりも最悪なのは、彼女の指に輝くダイヤだった。

見出しは――〝カエタノ・フィゲロアの秘密の恋が明らかに！〟

マレカが呆然《ぼうぜん》と見つめる中、カエタノはさらにひどい別の見出しがついた写真を呼び出した。

〝オフィス・ロマンスの帝王はいまだ健在！〟

〝役員室を飛び出し、教会へ！〟

「もう充分よ……」マレカの声はかすれ、かろうじて聞き取れる程度だった。

カエタノはテーブルから携帯電話を取り上げ、画面を閉じた。その沈着な動作と裏腹に、彼の目には怒りの炎が燃えていた。

その炎を消したくて、マレカは訴えた。「また責められる前に言っておくけれど、私はこんなことをするつもりじゃなかった――」

「きみに抗議されると、逆のことを考えてしまう」

「えっ、何？　いいえ、あなたは間違っている」

「僕が？」カエタノは挑むようにきき返した。「ミス・ディクソン、罪を認めるのは恥ずかしいことじゃない」

「私があなただったら、その言葉を口に出す前に細心の注意を払うわ！」マレカは言い返した。

「そうなのか？　なぜだ？」

「あなたが注意していれば、間違いは起こらなかったからよ」マレカは敢然と言い放った。呼吸が乱れ、手のひらがちくちくする。まるで彼のゴージャスな顔を平手打ちしたかのように。もちろん、これまでの人生で人に手を上げるなど、考えたこともなかったが。

カエタノはしばらくの間、ひたすらマレカを見つめていたが、やがて鋭い顎がぴくりと動いた。「ミス・ディクソン、僕たちは今ここにいるが、僕の興味はここからどこへ向かうのか、この事態にどう対処するかにある」

マレカの心臓が跳ねて肋骨《ろっこつ》にぶつかった。「ええ、そうね。まあ、最初にするべきは真実を話すことじゃないかしら。これはすべて大きな誤解だというプレスリリースを五分以内に作成できます」かぶりを振りながら神経質な笑いをもらす。「なぜタブロイド紙がこんなに大騒ぎしているのか、さっぱりわからない。彼らは、あなたと私がつき合うなんてありえないと知っているでしょうに……」

彼女の声は小さくなり、消え入った。カエタノの目には途方に暮れたような表情が浮かんでいる。これまで慣れ親しんだボスとはあまりにも違っていたので、マレカは彼がなんらかの病魔に冒されているのではないかとさえ思った。

「なぜそう思うんだ？　教えてくれ、ミス・ディクソン」

その柔らかな口調がマレカの全身を震わせた。

「なぜなら、そもそも私はあなたの部下だから」それは誠実とは言いがたい答えだった。というのも、ボスに対する思いは、とうの昔に部下としての一線を越えていたからだ。顔を熱くしながらも、マレカは言い添えた。「それに、あなたは私のタイプじゃないから」

するとカエタノは肩を震わせて笑いだした。

予期せぬ反応に、マレカはぽかんと口を開けた。彼の笑顔を見たのはこれが初めてだった。

その瞬間、自分がボスを笑わせたのだということさえ気づかなかった。彼の唇の官能的な曲線から目を引き剥がせなかったからだ。

「本当に？　一年前、G７サミットに伴ってイタリアに行き、アブルッツォでディナーを共にしたとき、僕の腕の中でとろけたことを忘れたのか？」

忘れるはずがないとマレカは胸の内でつぶやいた。

暗黙の了解で、二人はその出来事に触れるのを避けてきた。マレカにとっては、新しいボスとの最初で最後の出張だった。両親にそのことを話したとき、彼らの目に尊敬の念に近いものが垣間見えた。めったにないことが起きたのだ。

カエタノは衝撃的な数の取り引きを成功させたことを祝うために、マレカをミシュランの星付きレストランに連れていった。そしてディナーを終えてホテルへ戻る途中、彼女は星空の下、カエタノの腕の中におさまっていた。筋肉質のたくましい腕に抱き寄せられ、マレカは淫らなため息をもらした。下腹部に彼の欲望のあかしを感じ、脚の付け根が興奮にわななないた。そして何カ月にもわたるひそかな憧れを経て、キスへの期待がふくれあがったとき、パトカーのサイレンが響き渡った。

最低最悪の瞬間だった。カエタノははっとして身をこわばらせ、マレカを解放した。なんの弁明も謝罪もせずに――彼女と同じく。そして、二人はその出来事を意識の奥に閉じこめた。だが、消えることはなかった。少なくともマレカの場合は。

「あのときのことで、あなたは私を責めようとしているの？」マレカは声を震わせて尋ねた。

カエタノが目をしばたたいた。「そんなわけないだろう。僕たちはあの一瞬……魔法の世界に落ちてしまったんだ」彼の声はシルクのようで、罪深いほどなめらかだった。「だが、同性愛の女性を除いて、僕がきみを含めたすべての女性に好かれるタイプだということの証明にはなった」

彼の言うことはまったく正しい。そう思うと、マレカは泣きたくなった。そのため、彼のうぬぼれに満ちた発言については不問に付した。

「だから、僕たちがこの不運な、けれどおそらく重要なチャンスを生かしても、疑問を差し挟む者は一人もいないと思う」

今度はマレカが目をしばたたく番だった。彼女は息を吸いこみ、尋ねた。「どういうこと、チャンスを生かすって？」

「きみが壊したものを修復したいんだ。あの画像があらゆるデジタル媒体で流布された結果、僕は婚約者を失い、困っている。だから、僕はピボットを検討せざるをえなくなった。そしてそれは、ミス・デイクソン、きみだ」

ピボット――代替案、お荷物、使い捨て……。

マレカは、胸に湧き起こった痛みを無視し、彼の発した忌まわしい言葉に引き起こされた怒りにしがみついた。「なんですって？　いったいいつそんなことを思いついたの？」

「きみが不審がるのも無理はないが、単刀直入に言おう。きみは、さまざまな恩恵が見込めるフィゲロア夫人になるという僕の提案を受け入れ、二週間後に僕と結婚する。それが代替案の中身だ」

3

ダイニングルームのシャンデリアの下、カエタノは、マレカの顔をさまざまな感情がよぎるのを見ていた。本来なら、なんの感情も抱かずに淡々とした気持ちでいるはずなのに、なぜか落ち着かなかった。

それは、少なくとも一つのこと——一つの重要なことを早急に実行に移さなければならないからだと、カエタノは自分に言い聞かせた。さもないと、祖父が無一文から築きあげた会社で若い時分から骨身を削ってきたことのすべてが水泡に帰してしまう。

そもそも、彼がそんな立場に追いこまれたのは祖父のせいだった。カエタノは抜け穴を見つけるのに無駄に一年を費やしたあと、祖父の出した条件をしぶしぶ受け入れた。だからこそ、マレカ・ディクソンがどんな反応を示すか、大きな関心を持って見守っていた。

困惑、不信、狼狽《ろうばい》、冷笑、それともパニック？ 怒りは予想外だった。なんであれ、カエタノに対して怒りをあらわにした女性はいなかった。マレカの前代未聞の反応に、彼は度肝を抜かれた。

「ミスター・フィゲロア——」

「夫婦になるのなら、僕を〝カエタノ〟と呼ぶことに慣れなくてはならない」

「ミスター・フィゲロア」マレカはあえて敬称を押し通した。彼女の淡褐色の瞳はいらだちにきらめき、幾重ものショックを映し出していた。「わかったわ、これは何かの悪ふざけね？」彼女は笑い声をあげた。

「違う。冗談ではないと誓うよ」

なぜ、僕はマレカが反発するのを予期できなかったのだろう？ ほんの十分前に、もう一人の候補者を失ったばかりなのに。その候補者に対しては、マレカと違って、触れたい、キスをしたいという気持ちは起こらなかったが。

オクタヴィアを婚約者候補から外したことへの後悔はすでに消えていた。彼女は何事においても大げさで要求の多い女だったが、きわめて優秀なPAで、僕が行きづまっているときにしばしば助けてくれた。家柄も申し分なかったのだが……。

「それなら、あなたの申し出をお断りするしかなさそうね」マレカは、カエタノが正気を失ったのではないかという目で彼を見ていた。

そうかもしれない、と彼は思った。とはいえ、マレカはダイヤの指輪をはめたままだ。しかも、数秒おきに親指で指輪の縁をなぞっている。

彼女はそのことに気づいているのか？　自分の感情が顔に出ていることを知っているのだろうか。あなたはタイプではないとマレカが告げたとき、彼女の喉元の脈は大きく打っていたし、魅惑的な瞳は彼の口を貪るように見つめていた……。

なのに、マレカは〝ノー〟と言った。指輪をいとしげに撫《な》でながら。もしかしたら、そこにつけ入る隙があるかもしれない。

金と富には計り知れない力がある。両親の財布の紐《ひも》を握っているカエタノは、その苦い真実を身をもって知っていた。

「そんなに気に入っているのなら、指輪は持っていていい。僕の記憶では、きみは今晩、早い段階からその指輪に夢中になっていた」

カエタノは、呆然《ぼうぜん》として指輪に見入る彼女の表情が、怒りから畏怖へと変化していくのを認めた。

「なんですって？　私がこの指輪を持っていていいというの？」

「そう、そのとおり《シ》」

「でも……これはとんでもなく高価なものよ」

カエタノの唇がほころんだ。「いや、それほどでもないが、ユニークでとても美しい。それを選んだきみは目が高い。正確な値段はまだ聞いていないが、ミズ・スマイスの作品は最低でも百万ドルはする。その指輪だと、三百万ドルくらいかな」

マレカのあえぎ声は甘くむせび泣くようで、セクシーでありながら妙に無邪気で、カエタノはもう一度聞きたくてたまらなくなった。

〈スマイス〉で湧き起こった欲望がよみがえらないよう気を引き締めながら、彼はマレカの警戒気味の視線が指輪に戻るのを見守った。

「とんでもない価格だわ！」

「まあ、確かに」

「ミズ・スマイスはそんな高価な指輪を持たせたまま、私たちを帰らせたの？」

「おそらく彼女は、僕がほかの誰よりも誠実さを重んじ、卑劣なまねはしないと信じているんだろう。そうしたことも踏まえて、僕のプロポーズを考え直してくれないか、ミス・ディクソン」

カエタノは現在自分が置かれている状況に憤慨していたが、今は〝酢より蜂蜜〟のアプローチが必要だと判断した。ところが、努力の甲斐《かい》なくマレカが再び首を横に振ったとき、彼の分別は打ち砕かれた。

「検討したところで、あなたのプロポーズは……」

マレカは不快感を隠そうともせずにその言葉を口にした。「重要なステップをいくつも飛ばしている気がするわ」

カエタノは彼女が手ぶりを交えて表情豊かに話していることに気づいた。この時点で、彼は自分が二重人格者――男を惑わすセイレーンのような女と常に冷静沈着なPAという二重人格を持つ女性を相手にしているのではないかと疑っていた。そして、自分がどちらを好むか、彼は知っていた。

テーブルに目をやると、彼女の食べかけの食事が目に入った。「座って、マレカ」彼女からあからさまな猜疑《さいぎ》の目を向けられ、いらだちが募る。「きみは朝食のあと何も食べていないと言っていた。しっかり食べて頭をはっきりさせてくれ――次の話し合いに備えて」

　マレカが唇をすぼめ、一瞬にしてそのふっくらとした曲線に彼の目を引きつけた。ほっとしたことに、彼女は席に着いたが、カトラリーに手を伸ばしながらも食べようとはせず、豊かなまつげの下から彼をじっと見た。その視線は無邪気な輝きを放ち、カエタノを惑わせた。彼は本能的な欲求を抑え、気を取り直そうと大好きなアルゼンチン産の最上等のステーキを一切れ口に運んだ。だが、いつもと違い、得られた満足感はわずかだった。カエタノは、自分が生まれながらに持っている権利が保証されない限り、気分が高揚することはないのだと思い知らされた。

「かいつまんで話すと、二十年近く身を捧《ささ》げてきた会社を守るために、僕は三十五歳の誕生日までに結婚しなければならないんだ」

「〈フィゲロア・インダストリーズ〉のこと？」

「そうだ」カエタノはうなずいたものの、このばかげた状況を確認する行為そのものが、彼の気分をさらに悪化させる恐れがあった。

「どうして？　あなたはすでにＣＥＯの座に就いているでしょう」

　その問いに答えなければならないこと自体、カエタノは不愉快でたまらなかった。「僕の祖父は遺言状を作成するにあたって、すべてのＣＥＯは男女を問わず三十五歳の誕生日までに結婚していなければその地位を維持できないという条項を設けた。僕が強く反対したにもかかわらず」彼は祖父を愛していたが、この条項には異議を唱えた。そして、それがカエタノの数少ない敗戦の一つとなった。

「おじいさまは、なぜそんな条項を？」

カエタノは歯ぎしりしたくなるのをなんとか我慢した。歯ぎしりをしたところでなんの益もない。歯医者に行くのが落ちだ。「祖父は、独身のCEOよりも妻帯者のCEOのほうが優れたリーダーになれると頑《かたく》なに信じていたからだ」

淡褐色の大きな目が彼の目をとらえた。「明らかに、あなたはその考えに不同意のようね」

「そのとおり」否定しても無駄だった。カエタノは結婚などしたくなかった。愛という高尚な感情は一生どころか、一週間も続かないと信じていたからだ。

カエタノの祖父は、祖母との結婚生活が何十年も続いたことをよく自慢した。しかしカエタノは、結婚生活の維持は容易ではなかったと推察していた。多くの困難があったに違いない。祖母が亡くなって一カ月もたたないうちに祖父も亡くなった。

周囲の者たちは、妻の死にショックを受けて亡くなったという切ない美談に仕立てていたが、カエタノは真実を知っていた。彼は乳歯が生えそろうずっと前に、両親が全面戦争に突入していくのを目の当たりにした。それでも祖父は、〝真実の愛〟神話に取りつかれていた。だから、カエタノはそれを試してみた。その結果、衝撃的な事実を発見した。祖父が〝野生のオーツ麦をまいているのと同じだ〟と嘲った二十代の奔放な恋愛を通して。

カエタノが発見したのは、昔ながらの人間の貪欲さだった。以来、女性と深い仲になる前に、彼は自分の考えを積極的に開陳してきた。相手が勘違いして永続的な関係を望んだりしないように。実際、別れに際して彼を非難した女性はいなかった。

そして今、カエタノはPAに対しても同じように対処するつもりだった。

「打ち明けてくれたあなたには敬意を表するし、あなたが置かれた立場には同情します」マレカはそこでいったん言葉を切り、下唇に舌を滑らせた。「でも……どうしてあなたがほかの女性のために選んだ指輪を私が受け入れると思うの？」

彼女の問いかけに不必要な感情的執着が生み出す障害を見て取り、彼はため息をついた。「だが、その指輪は僕ではなく、きみが選んだものだ。そうだろう、マレカ？」

その名前をカエタノが口にしたとき、彼女の口からうめき声のようなものがもれ、彼の下腹部に新たな熱を走らせた。これまでおよそ動じることのなかったPAの反応に、汗ばんだシーツや背中に爪を立てる女性の姿が脳裏に浮かび、彼は動揺した。僕には本当に息抜きの時間が必要だと。

ボクシングのパーソナル・トレーナーとリングで数ラウンド汗を流す必要がある。愛するアンデス山脈でのスカイダイビングもいいかもしれない。あるいは、セックスだけのつながりと割り切って、ベッドの相手をしてくれる女性と一晩中楽しむのも選択肢の一つだ。昔ながらのセックス・マラソンも必要だろう。マレカがプロポーズに同意したあとで。

「きみは数ある指輪の中で、その指輪をいちばん気に入ったから選んだ。そうだろう？」

マレカは抗議のために口を開けたが、すぐに閉じた。図星を指されたと観念したに違いない。カエタノはこの問題を早く片づけたくて、言葉を継いだ。「僕は〈スマイス〉で、きみが気づくまで、数秒間きみを見ていた」

カエタノはそのとき、効率的な仕事ぶりに感心するばかりでうっかり見落としていたPAの一面を見た気がした。アブルッツォでのあの夜と同じく。

「きみはどうしようもないロマンティストだ」彼はきっぱりと指摘した。頭の中には、彼女の同意を取りつけることしかなかった。

熱と怒りがマレカの顔を覆った。そして敢然と顎を上げた。「たとえあなたの言うとおりだとしても、それが私の仕事に影響を与えたことはないはずよ。なのに、どうしてそんなことを持ち出すの？」

「きみが外したがっている指輪を、きみが受け入れるのを早めるためだ。いいかげん、意地を張るのはやめて、本題に入ろうじゃないか」

「私の答えはすでに出ているのに？」

カエタノは自嘲気味に、しかし諦めたような笑みを浮かべると、最後の武器を持ち出した。「僕の提案を受け入れてくれたら、百万ポンドがきみの銀行口座に振り込まれることは、もう言ったかな？」

次の瞬間、彼はマレカの大きな目が皿のように細くなるのを見た。

耳がおかしくなったのだと思い、マレカはきき返した。「えっ、何を？」

「僕と結婚すれば、結婚式の日に、きみは百万ポンドを受け取れるということをだ」

知らず知らず兎《うさぎ》の穴に落ちたのかと思い、マレカは室内を見まわした。けれど、彼女はまだ彼のペントハウスにいた。大きな窓の向こうにはロンドンの街明かりが輝いている。「ミスター・フィゲロア、その話は初めて聞くわ。だけど……」彼女はかぶりを振って続けた。「私はあなたのお金が欲しいわけでもないし、必要としてもいない」

そうとも言えないんじゃない？　心の声が問う。それだけのお金があれば、その分あなたの目標は早く達成できるはずよ。

カエタノの片方の眉がつり上がった。そんな些細《ささい》な動作にも、どうして魅力を感じてしまうの？

「いや、誰だって金は欲しいものだ」彼は冷笑を浮かべた。「何も自分のためではなく、ごくまれに大切な誰かのために金を必要とする者もいる。聖人でさえ、もらえる金を拒みはしない」

「あなたは聖人について何を知っているの？」

マレカの皮肉に、カエタノの目に炎が燃え上がった。怖くなるほどに。

「現実的な問題を解決するために後援者を求める聖人について書かれた記事をたくさん目にしてきた。彼らの要求に応えるのは誰だと思う？」

マレカが顔を上げるなり、彼はその目をとらえた。

「あなたのようなお金持ち？」

カエタノはうなずいた。「聖人でさえ、僕みたいな男を必要としているんだ」彼の視線はマレカの目から離れ、彼女の体の上をのんびりと這《は》った。「同様に、きみも僕を必要としているんじゃないか？」

彼のセクシーな語り口はマレカの下腹部を締めつけ、脚の付け根に熱を積み上がらせた。こんなことはあってはならない。あれほどボスへの愚かな恋心を制御してきたのに。「いいえ、無理よ。私はあなたのために働いているけれど、これは……」

「さらに給料を稼げるチャンスだ」カエタノの視線が指輪に注がれた。「そして、おそらくきみが今後けっして目にすることのないものも手に入る」

「あなたの申し出に私が感動すると思っているのね。でも、私が自力でそんな大金を稼ぐことはありえないと考えるのは失礼じゃないかしら。傲慢だわ」

カエタノは硬い笑みを口元に宿し、彼女に向かって歩きだした。「僕は祖父の会社で従業員用の厨房《ちゆうぼう》の使い走りとして働き始めた。祖父は僕がちやほやされるのを嫌い、本名を名乗るのを許さなかった。そのことで僕が何を学んだかわかるか、マレカ？」

「いいえ」彼女は率直に答えた。

「チャンスが巡ってきたとき、慢心せずにそれをしっかりつかまえなくてはいけないということを学んだんだ」カエタノは身を寄せて彼女の目をのぞきこんだ。「きみは本当に、百万ドルを手にするチャンスをふいにするつもりなのか？」

その問いはマレカの頭の中でどんどんふくらんで

いき、彼女の心を揺さぶった。最初にその話を聞いたときのショックは薄れ、そのお金でできることについて冷静に考え始めたからだ。ずっと憧れながらも、不可能かもしれないと捨てかけた夢を叶《かな》えることができるかもしれない、と。

でも、その代償は？

それに、父と母はどう思うだろうか？

マレカはその考えを切り捨てた。なぜなら、彼女がどんな決断を下そうと、両親は娘を非難するとわかっていたからだ。彼女はかぶりを振って混乱した頭を整理しようとした。「もう行かなくちゃ」

彼はいぶかしげに目を細めた。「どこへ？」

「家よ。ほかにどこへ行くというの？」

「それが賢明な判断だと思うのか？」

マレカは顔をしかめた。「そうじゃないと？」

モスグリーンの瞳が彼女の目をとらえた。「きみは婚約指輪をはめて僕の腕の中にいるところをパパラッチに撮られた。そんなきみをマスコミの連中が放っておくと思うか。まだプライバシーが守られていると思うのか？」

「彼らは私がどこに住んでいるか知らないわ」

「ばかな」カエタノの眉がまたつり上がった。「賭けようか？」

マレカはパニックに陥り、ハンドバッグを置いた場所に駆け寄った。携帯電話を手に取り、ビデオドアベルを立ち上げる。自分がマスコミに追われるような人物ではないことを彼に証明するために。

しかし、玄関先のライブ映像が映し出された瞬間、マレカは息をのんだ。少なくとも十数人の見知らぬ人たちがカメラを手に、彼女のアパートメントの前に広がる小さな芝生の向こう側をうろついている。そして、ならず者風の男が現れて石畳の小道を通り、一階にある彼女の住まいの玄関のベルを押した。そのとたん、耳障りな音と共に携帯電話が振動し、マレカは文字どおり飛び上がった。

「当分の間、電源を切っておくといい」

彼の息が耳たぶをかすめ、マレカは身震いした。

「ボスからの命令と思ってくれ。忘れているかもしれないが、きみは今夜、僕の問題を解決するために協力しなくてはならない」

「〈フィゲロア・インダストリーズ〉の問題ではなく?」

「与えられたせっかくのチャンスをみすみす放棄するのか、プライドに邪魔されて? まだ抗《あらが》う気でいるのなら、僕の目をまっすぐ見て、僕が提供する金はなんの役にも立たないと言ってくれ」

マレカは言えなかった。夢が現実になる可能性が開けた今、彼女は彼の申し出をむげに断ることはできなかった。数百万ドルあれば、多くの人を助けることができるのだから。

でも、その代償は? その問いが彼女の中で再び頭をもたげた。「考えなければいけないのは——」

「いや、無駄にする時間はない。ニューヨークの弁護士が待機している。きみが契約書に署名する気があるのかないのか、今夜中にはっきりさせてくれ」

「もう契約書ができているの?」マレカは顔をしかめ、彼が答えるより先に続けた。「もちろん、そうでしょう。抜かりのないあなたのことだから」

「これがビジネス上の取り引きだと認識していないと、僕たち双方にとって不都合が生じる。マレカ、僕が提案しているのは期間限定の結婚であって、それ以上でも以下でもなく、大騒ぎするようなことじゃない。もっと気軽に考えてくれ」

マレカの中でざらついた感情がうごめいた。彼の言うとおりだ。これはビジネスよ。いずれ取り引きの条件が満たされれば、私は生涯の夢を叶えることができる。両親に対しても、自分がどうしようもない人間ではないことを証明できるに違いない……。

彼女は肩をすくめた。これは、私は自分のために自分の人生を生き、社会に貢献するチャンスなの？

「僕が待たされるのが好きな男ではないことは、きみも知っているはずだ」

マレカはカエタノを凝視した。自分の部下に婚約指輪をはめようとしている男性を。この人は私を別の女性の代わりとしか見ていない。だったら、私も割り切って、経済的にであれ、精神的にであれ、援助を必要としているすべての若者のために、このチャンスをつかんだほうがいい。

マレカは顔を上げて彼の目をとらえた。そして、心臓が早鐘を打っているにもかかわらず、平静を装って肩をすくめた。「おめでとう、ミスター・フィゲロア。あなたはビジネスパートナーの獲得に成功しました」

4

〝あなたはビジネスパートナーの獲得に成功しました〟

その言葉をマレカが口にしてから数時間がたったが、いまだにカエタノはしっくりこなかった。彼の提案を嫌悪感もあらわに拒絶したかと思えば、あっという間に冷静でプロフェッショナルな判断を下す。そんなマレカの変わり身の早さは、彼の中に生々しく不穏なものを植えつけた。

彼は、マレカがオクタヴィアほど熱心に交渉に臨むとは思っていなかったが、これほどまでに要求が少ないとも思っていなかった。彼女が出した条件は、主として報酬の減額だった。それに伴い、結婚期間は四年から三年になったが、カエタノにとってはそれで充分だった。なのに、胸に引っかかるものがあった。

カエタノの視線は、ソファに置かれているマレカの脚に引きつけられた。

彼女は契約書を読みながら、いつの間にか靴を脱いでくつろいでいる。カエタノは、彼女のすべすべした土踏まずと、細い足首に魅了されていた。そのため、その足首が彼の体を挟みつけているところを想像するのは造作もなかった。

「ミスター……カエタノ？　何をしているの？」

はっとしてマレカの視線を追うと、知らず知らず彼女の土踏まずを撫《な》でていることに気づき、カエタノは唖然《あぜん》とした。まったく、僕は正気を失ってしまったのだろうか。

彼は裏切り者の手を拳に握り、引っこめようとした。しかしそのとき、ナイツブリッジの秘密の宝石店に入って以来、ときにはうぶな女に、ときにはセイレーンのような妖《あや》しげな女になったりしてカエタノを惑わせてきたマレカが、またも驚くべき行動に出た。土踏まずを彼の拳になすりつけ、ふくよかな唇からうめき声をもらしたのだ。ペンが彼女の指から床に転がり落ち、結婚契約書がそれに続く。カエタノは彼女の胸が悩ましく上下するのを見て、息をのんだ。興奮に駆られ、思わず指を広げて足首をつかんだところで、我に返って動きを止めた。ところが、マレカが再びうめき声をもらした。喉元の脈をひくつかせて。

カエタノは心を奪われ、マレカにすり寄って、魅惑的な淡褐色の目を見つめながらソファに押し倒した。そして、渇望に身を任せて下半身を密着させ、狂おしく脈打つ喉元に唇を這《は》わせた。

彼女の肌は背徳と天国の味がした。カエタノはその両方を味わいつくしたかった。マレカの完璧な胸を探り、その頂を指で弄ぶ。彼女の中からセイレーンさながらの誘惑の歌が聞こえてくると、カエタノはそれを拒むことができなかった。スカートをたくし上げて脚を開かせ、ショーツに手を潜りこませる。「なんてことだ！　きみ《ディオス・ミオ》は僕を迎え入れる準備ができている……」

かすれた声でそう言うなり、カエタノは指を一本、秘めやかな部分に差し入れると、マレカは頬を紅潮させ、柔らかなあえぎ声をあげた。

二人とも体を熱くさせ、すっかりその気になったとき、彼の携帯電話が鳴りだした。おそらく弁護士からだろう。無視を決めこんだものの、次の瞬間、マレカが目を見開き、彼の肩をつかんで押しやった。カエタノは身を引き、呆然《ぼうぜん》と彼女を見下ろした。ああ、僕はいったい何をしたんだ？

欲望のあかしは今も張りつめていたが、彼はセイレーンの誘惑から逃れようと身を翻し、充分な距離をとってから咳払《せきばら》いをした。「これは……」

「忘れましょう」マレカは困惑の表情を浮かべてささやいた。その声はかすれ、震えていた。

カエタノの顔が引きつった。忘れるなんてありえないと反論したかった。彼は今も、二人が始めたことをやり遂げたいという衝動に駆られていたが、必死に自制心を取り戻し、うなずいた。「わかった」

彼から視線をそらしたマレカが書類とペンを拾い上げるのを見届けてから、カエタノは言った。

「我が社のイギリスの顧問弁護士リストの中からきみが適切と思う者に連絡し、朝一番にここに来て署名に立ち会うよう手配してくれ」

マレカがうなずくと、シャツの隙間から胸元がのぞいた。彼はそこに指を突っこみ、シルクのような肌に触れたくてたまらなかったが、ぐっとこらえた。

「そのあとはどうなるのかしら？」

「約束どおりきみは報酬を受け取ることができる。

誰にも知られずに」カエタノのぶっきらぼうな口調には、彼女の一挙一動に反応する自分の体への不満がにじみ出ていた。「きみはフィゲロア夫人になれたことを、いつか僕に感謝するかもしれない」

彼女の顔に浮かんだ傷ついたような表情に触発された胸の痛みを無視して、カエタノはその場を立ち去った。できるものなら、この二十四時間を消し去りたかった。

寝室に入ると、カエタノは部屋の真ん中で立ち止まり、歯を食いしばった。死んだ祖父を呪ったりするのは時間の無駄だと思いながらも、考えざるをえなかった。どうして僕は、祖父が生きているうちに、ばかげた遺言状の作成にもっと強く反対しなかったのだろう？　結婚に失敗した両親のもとで育ったというのに。カエタノは今でさえ、顔を合わせるたびに父への恨みつらみを口にする母に手を焼いていた。くそっ《バスタ》、もううんざりだ。

僕は生まれながらに持っている自分の権利を確保するのに都合のいい妻を見つけた。だが、もしこの決断がこの先、困難を引き起こす引き金になるとしたら？　彼はなぜかそんな不安を払拭できずにいた。

マレカはベッドのヘッドボードにもたれ、恐怖に駆られながら携帯電話を耳に当てていた。

ソファでのあの出来事のあと、彼女はよろよろとベッドに倒れこんだ。満たされぬ欲求とばかなことをしたという後悔に苛《さいな》まれ、絶望感を抱えたまま。

マレカの胸は自分に対する不信感と疑念でいっぱいだった。自分が何を許したのか、そしてカエタノが触れてきたとたん、なぜ誘惑のとりこになってしまったのか。私は、両親がいつも非難していたように、無分別な女なのかもしれない……。

いいえ、違う。マレカはすぐに打ち消したが、胃はきりきりと痛み続けた。私たちは一線を越える前に引き返したのだから。

本当に？　指を入れられたのに？

マレカは眠れない夜を過ごし、充血した目で起き上がると、肝心なことを忘れていたことに気づき、愕然《がくぜん》とした。それは昨夜下した決断について両親に報告することだった。

マレカの両親は、六時前に起床してコーヒーを飲み、世間で何が起きているか、インターネットやテレビで調べるのが日課となっている。現在、六時十五分。なのに、父親は電話に出なかった。

彼女をあざ笑うかのように、恐怖がゆっくりと胸に広がっていく。両親が昨日の写真を見ていないことを願うばかりだが、それが愚かな願望であることは自分でもわかっていた。なぜなら、両親の生活はあまりにも規則正しく、今日に限って日課を変更するはずはないからだ。

マレカの気鬱は募るばかりだった。

そのとき、父親が電話に出た。「おはよう」「お父さん、私です」

彼女は弾《はじ》かれたように身を起こした。

「ああ、わかっている」その冷ややかな口調は、彼女の予想が当たったことを裏づけていた。

「いくつか報告があるの。お母さんはいる？」マレカは報告は一回で終わらせたかった。

「ここにいるよ。通話をスピーカーにする」

マレカは口を開いたが、脳裏に浮かぶ言葉はどれも無意味で陳腐なものだった。カリスマ性と知性にあふれた億万長者と互角に渡り合えると信じたがゆえの、真夜中の軽率な決断について、説明するのは難しい。けれど、最終的な目標、つまり助けを必要としている人たちを支援するという目標を達成するために、なんとしても理解してもらわなければ。

「婚約しました。ボスのカエタノ・フィゲロアと」

マレカは最初に事実だけを率直に述べた。両親がそうした態度を評価するのを知っていたからだ。だが、凍えるような沈黙が続くと、もう少し言葉を添えるべきだったと悔やんだ。たとえば、会社での自分の地位を守るために結婚せざるをえなくなったボスに、ひそかに恋心を抱いていたとか。あるいは、ボスのプロポーズに飛びついたのではなく、考え抜いたすえの決断だったとか。

もちろん、そんなことは言えなかった。二人が結婚することになった経緯に関しては極秘にすることになっていたからだ。それに、娘を非難する理由を両親に与えたくなかった。

沈黙に耐えきれず、マレカは口を開いた。「軽率に見えるのはわかっているけれど……」

案の定、父親は軽蔑もあらわに言った。「言いたいことはほかにないのか？」

「妊娠しているの？」母親が半ばなじるような口調で続けた。

「えっ？　まさか！」マレカは抗議したものの、なぜ母がそのような推測に至ったかは理解できた。母がマレカを産んだのは、計画外の妊娠によるものだったからだ。

「マレカ、あなたが怒るのは見当違いよ」電話から母の冷ややかな声が聞こえてきた。「あなたが彼と一緒にいるところを写真に撮られ、翌朝このきわめて疑わしい報告を電話でしてきたことを考えれば」

両親がすでに例の写真を見ていることがはっきりして、マレカは打ちのめされた。けれど、自らを鼓舞して尋ねた。「なぜ疑わしいと思うの？　私みたいな女がカエタノ・フィゲロアのような男性を手に入れられるわけがないと思うから？」その言葉が口をついて出たとたん、彼女は後悔した。

危惧したとおり、また沈黙が落ちた。

「ごめんなさい」苦い気持ちを押し殺してマレカは謝った。彼女は物心ついたときから、何かにつけ謝ってばかりいた。自分が傷つくだけだと知りながら。

実の両親にこんな思いをさせられるなんて。

目の奥に涙がたまり始める。泣いて傷が癒えるはずもなく、マレカはまばたきで無駄な涙を追い払った。「婚約したばかりで、まだ何も決まっていないの。もしよければ、決まり次第、教えるけれど？」

数秒の間をおいて父親が答えた。

「それについては大歓迎だ。親が娘の結婚の詳細を知らないというのは問題だからな。これ以上、恥はかきたくない」父親は冷ややかに言い放った。「では、切るよ。だいぶ日課を邪魔されたから」

通話がぷつりと切れると、マレカは携帯電話を放り投げ、足早に豪華なバスルームに向かった。そして力任せにシャワーの蛇口をひねり、顔を上げた。熱い湯があふれる涙を流していく。相も変わらず、マレカは両親にとって、取るに足りない存在であり、厄介者でしかなかったのだ。

彼女の両親は避妊に無頓着で、不注意から母はハネムーンで身ごもった。それは、マレカが九歳のときに母親の日記を盗み見て知ったむごい事実だった。

〈ロバートと私は、変化を望まないという点で意見が一致している。妊娠はただ単に管理するべき別の仕事にすぎない〉

その言葉はマレカの脳裏に刻まれ、日記を見たことが悔やまれた。とはいえ、少なくとも、両親が娘に対して冷たく無関心な理由は理解できたのだった。

古傷をほじくり返している自分にいらだち、マレカは目をこすった。両親に知らせて娘としての義務を果たした今、私に必要なのは、自分が得ることになる報酬と、その使途に思いを馳《は》せることだけよ。

あと数週間もすれば、私は慈善団体を立ち上げ、居場所を失った若者たちを助けることができるようになるはずだ。けれどまず、カエタノと向き合わなければ。昨夜私の禁断の欲望を呼び覚ました男性と。

十分後、マレカは昨日と同じ服を身につけ、七時ちょうどにリビングルームに入った。すでにカエタノはダイニングテーブルについていた。タブレットを二の腕に立てかけ、ポーチドエッグと、彼がイギリスに滞在するときはマレカが必ず用意させているアルゼンチン産の生ハムを食べている。彼は、タブレットに視線を戻す前に、上目遣いで彼女を見た。

「おはよう《ブエノス・ディアス》、マレカ」

「おはようございます」彼女は戸惑いながら返した。というのも、彼がスペイン語で話しかけてきたことは、これまで一度もなかったからだ。

「もし結婚を続けるなら、きみは初歩的なスペイン語を身につける必要がある」

マレカのみぞおちのあたりで何かがうごめき、戦慄が背筋を駆け抜けた。「もし？」彼女はかすれた声できき返した。息を吸って気持ちを落ち着かせてから続ける。「もう考え直したの？」

カエタノは驚いたように眉をひそめた。そして一瞬のち、彼はフォークを置いて姿勢を正した。「その問いは、むしろ僕がきみにしたいくらいだ。なにしろ、つい最近、女性は銃弾よりも速く考えを変える傾向があることを思い知らされたからな」

両親から貶《おとし》められた直後だけに、彼の批判はこたえた。マレカは取り乱すまいと、体の脇で拳を握った。テーブルに近づくと、アフターシェーブローションの匂いが鼻をくすぐり、彼の瞳の中に小さな斑点があることに気づいた。そんな些細《ささい》なことに気づいて胸をざわつかせている自分を、彼女は憎んだ。

「私をほかの女性と比べるのはやめて。経験豊富なあなたは、女性が恋人と比較されるのが嫌いなことくらい知っているはず。もしも私があなたとほかの男性を比べたら、あなたはどう思う？」

カエタノは目をきらりと光らせ、ハンサムな顔を引き締めた。「もちろん、好ましくない。とりわけその男が昔の、あるいは現在の恋人だとしたら」

彼女は彼の返答の中に、ある疑念が含まれているのを感じたが、彼が満足する答えを与えるつもりはなかった。

しばらくの間、二人は見つめ合っていたが、やがてカエタノの視線は彼女の拳に注がれた。「不快な思いをさせて申し訳ない」

マレカはほっとしたように息をついた。「謝罪を受け入れます」

カエタノはうなずき、さっと立ち上がって彼女に近づいた。マレカは息をのんだが、彼は彼女のために椅子を引いただけだった。

「ああ……ありがとう」マレカはどぎまぎした。一瞬、昨夜の出来事が再現されるのかと思ってしまったのだ。

「どういたしまして《デ・ナダ》」

彼の低く深みのある声がマレカの背筋を震わせたとき、執事がすっと入ってきた。

そのおかげで、彼がほんの数時間前まで結婚するつもりでいたアルゼンチンのPAに言及したときに味わった焼けつくような嫉妬から、マレカは身をおくことができた。しかし、コーヒーを飲み、おいしいミューズリーを食べているうちに、再びカエタノに見つめられて体が熱くなるのを感じた。

「な、何かしら?」

「きみはまだ答えてくれていない」

思い出すまで、マレカは数秒間あたふたした。ああ、そうだった。「私は考えを変えていないわ。約束は守ります」母の日記を読んだ数年後に、私と同じように苦しんでいる人たちを助ける仕事に就くと、自分自身に約束したのと同じく。

「確かか?」カエタノは念を押した。

「私があなたを失望させたことがあるかしら?」

彼は肩をすくめた。「仕事に関しては〝ノー〟だ。

だが、今回の件では細部にまで特別な注意を払う必要がある」

「たとえば？」

カエタノはまた肩をすくめた。「あまり詳しく話すと、きみは怖《お》じ気《け》づくかも――」

「私は甘やかされた温室育ちの女じゃないわ」マレカは遮り、ぴしゃりと言った。

「だったら、僕が人前できみに触れたりキスをしたりしても、けっして拳を握りしめたり抗《あらが》ったりしないでくれ」

マレカは固まった。昨夜のソファでの出来事は、私を試すためだったの？

カエタノは続けた。「アルゼンチンにいる僕の側近や近しい人たちに、僕たちの結婚が書類上のものではなく、現実のものだということを信じさせる必要があるんだ」

「昨夜はそんなこと一言も言わなかったじゃない」

マレカは顔をしかめた。「私が結婚に同意するまであえて言わなかったの？」気持ちを落ち着かせようとコーヒーを飲んだが、むせてしまい、逆効果だった。なんとか呼吸を整えてから、彼女はさらに尋ねた。「それは重要なこと？」

「もちろんだ！　僕たちは、いや、きみは僕を誘惑して――」

「昨夜の件は……二人ともどうかしていたということで同意したはずよ」

何か暗く秘密めいたものがカエタノの目に浮かんだが、マレカがそれを読み解く前に消えた。それでも、彼の視線が口元に注がれるのを感じ、マレカの体はますます熱くなった。

「僕がきみにいくら金を払うかを考えれば、ちょっと触れ合うだけの小さなショーに出演するくらい、大した要求とは思えない」

ちょっと触れ合うだけの小さなショー――それは

彼女の淫らな欲望に火をつける恐れがあった。「あなたにとってはそうかもしれない。でも、私にとっては違う。あなたは私を妻として振る舞わせるためにお金を払うのであって、私の体を買ったわけじゃないのよ」彼の手が脚の付け根に触れたときのことを思い出し、熱い血がマレカの全身を勢いよく駆け巡った。「あなたは昨夜、言うべきだった」

「うむ。僕たちは行きづまっているのか？　それとも、きみは今回の契約を破棄するつもりなのか？　どっちなんだ、マレカ？」

　公衆の面前でカエタノとキスをする……。その場面を想像するだけで、心臓は早鐘を打ち、脈拍数が跳ね上がった。でも、とマレカは思った。もしかしたら、親密さを醸し出す別の方法があるかもしれない。「妥協案を思いついたわ」

「そうなのか？」

　彼のスペイン語を聞くたびに、マレカはみぞおちのあたりがむずむずした。「あなたの言ったことを、基本的には受け入れます。だけど、唇にキスはしない――それが条件よ」昨夜の出来事を考えれば、彼はばかげていると思うだろう。私はボスとのキスにずっと焦がれてきた。それだけに、もしそれが日常的なものになったら、私は壊れてしまうかもしれない。そのキスは彼にとっては、目的を達成するための手段にすぎないのだから。

　カエタノの目がきらりと光った。それは邪悪で皮肉めいていた。彼はカップをつかみ、コーヒーを飲み干した。そしてマレカから目を離すことなく、カップを置いた。その生々しい視線に、彼女はもだえそうになるのを必死にこらえた。

「マレカ、僕はきみの経験値が気になり始めている」

「どういう意味？」

「つまり、服を着たまま唇にキスをすることが、親密さを示す最高の手段だと思っているのなら、きみは本当の男というものを知らないのではないかということだ」

　彼の言葉は彼女の胸を突き刺し、痛いほどに頬が紅潮した。「私は——」

「いいんだ、気にするな。僕はきみの申し出を受け入れる」カエタノは手を差し出した。

　マレカは、自分が予期せぬ泥沼に陥ったのではないかという思いと、チャンスを逃さなかった自分を褒めたいという気持ちに引き裂かれながら、彼の手を取って握手に応じた。

　ほどなく弁護士が到着し、マレカはフィゲロア夫人として三年間過ごすことを約束する書類に署名した。

　そして、その日の夕方、二人はブエノスアイレスへと飛び立った。

5

　結婚式は十五日後に、ブエノスアイレス郊外のカエタノの私有地で執り行われた。その間、マレカは息もつけないほど多忙な日々を送った。

　ようやく自分の時間が五分だけとれると思った矢先、おしゃれな身なりのアシスタントやイベント・コーディネーター、オートクチュールのデザイナーが現れてマレカに意見を求める——そんなことの繰り返しだった。

　ブエノスアイレスに着いて三日後には、マレカはフィゲロア帝国で働くアルゼンチン人と競うようなまねはしないほうがいいと肝に銘じた。

　ロンドンやヨーロッパのオフィスでは、千人規模カの従業員が働いている。アルゼンチンが、〈フィゲロア・インダストリーズ〉の創業の地であることは知っていたが、南アメリカだけで二万五千人の従業員がいること、アメリカ合衆国でもそれに近い人数を雇用していることは知らなかった。カエタノが話していた側近や近しい人物が数十人にのぼることも。彼らの誰もがCEOの新妻に会いたがった。そのため、マレカはこの二週間で、数えきれないほどの人生で最も多くのディナーやパーティに出席した。

そして、結婚式の前夜、コーディネーターからようやく解放されて一人きりになったとき、なぜ気分が沈んでいるのか、マレカにはわかっていた。その年配のコーディネーターからはっきり言われたからだ。疲れた花嫁に世にも美しいウエディングドレスや結婚式の写真を台なしにされたくないと。マレカはそのぶしつけな言葉にショックを受け、逃げるように自分のスイートルームに戻ったのだった。

しかし、明日以降は、大部分の結婚式用スタッフと会わなくてすむと思うといくらか慰められたが、両親とまた顔を合わせなければならないという難題が控えていた。

一昨日の夜、ブエノスアイレスのペントハウスに到着した両親を、カエタノはディナーに招いた。そのディナーが、自分にとって最も居心地の悪い時間になるだろうとマレカは覚悟していた。

だが、彼女は間違っていた。

カエタノはその魅力を全開にして、わずか十分であの取りつく島もない両親を懐柔したばかりか、巧みな会話で魅了した。彼が両親のキャリアを細部まで調べあげていることを知ったとき、マレカは顎が外れそうになった。

そして、試練になると彼女が予想していた二時間は、あっさりと三時間を超えた。

両親が将来の夫の魔法にかかったのを見て、マレカの胸は何か誇りのようなもので満たされた。厳密に言えば、誇りではないだろう。なぜなら、彼は私が自慢できるような人ではないから。それでも、試練をそれなりに楽しい夜に変えてくれたことに、彼女は少なからず感謝した。

両親がおやすみを告げ、娘に対する冷たい無関心が戻ってくる前の一瞬、母は承認の目でマレカを見ていた。幸か不幸か、その一片の承認がマレカの警戒心を解き、ゆうべ寝る直前に届いた母からのメールに虚を突かれた。

〈結婚式の前に五分だけ時間をちょうだい〉

明日の今頃は両親はもういないと何度自分に言い聞かせても、マレカは渦巻く不安を振り払うことができなかった。

同時に、それが別の不安を呼び寄せた。

ブエノスアイレスに到着して以来、カエタノは肉体的な接触は最小限にとどめるという合意を守ってきた。マレカは歓迎したが、そこに物足りなさが生じるとは予想していなかった。

二人そろってカメラに向かってほほ笑んでも、二人きりになると彼は無関心に近い堅苦しい態度で彼女に接した。そうしたことが二週間にわたって続くと、マレカは抑えきれないほどの絶望感に襲われた。

そのうえ、もう一つ問題があった。マレカが婚約者の座を奪った、息をのむほど美しいPAのオクタヴィアだ。マレカは、カエタノとアルゼンチン人PAが接触するのは勤務時間中だけだと思いこんでいた。けれど、そのたぐいまれな美女は、これまでのところ、重要な場には必ず顔を出していた。

インターネットで調べたところ、オクタヴィア・モレナとその一族がブエノスアイレスの有力者であることがわかった。カエタノのPAになる前から、彼女は彼の側近であり、二人のつき合いは思春期にまでさかのぼるという。

もしマレカが、オクタヴィアがボスとの婚約解消に動揺していると思っていたとしたら、それは間違いだった。オクタヴィアはいっさいそんなそぶりは見せなかった。彼女の低く魅惑的な笑い声に男女を問わず振り向く姿を、マレカは何度も見ていた――カエタノも含めて。オクタヴィアが友人や仕事関係の知人に微笑を浮かべてうなずく様子からは、二週間前にカエタノと激しくやり合って捨てられたことなどまったくなかったかのようだった。そしてマレカの目には、オクタヴィアとカエタノの間には、なんらかの絆《きずな》があるように思えてならなかった。

結婚式当日、マレカはこの世のものとも思えないほど美しいレースとシルクのウエディングドレスをまとって鏡の前に立っていた。胸の内ですべての不安が凝集するのを意識しながら。

とりわけ、カエタノの冷淡な態度にマレカは苦悩していた。結婚すればすべてが変わると自分に言い聞かせても、なんの効果もなかった。

そのとき、ドアがノックされ、マレカは飛び上がった。タヒチ人の母親が入ってくると、マレカはぱっと顔を上げた。母のこめかみのあたりに白髪が見え、マレカが受け継いだカーリーヘアの中に溶けこんでいる。サフラン色のクラッチバッグにサテンのヒール、そして五年前の五十歳の誕生日に夫から贈られた、小さいけれどセンスのいいティアドロップのダイヤが耳元を飾っていた。

スタッフが出ていくと、母は言った。「これは感傷的な母と娘の話ではないの、もしあなたがそれを恐れているのなら」

マレカは、恐れているのは母なのではないかと疑った。「じゃあ、なんなの?」

「あなたの……婚約者はカリスマ性があるわね」

「そう思う?」

母親は顔をしかめ、ドレスについた糸くずを払うふりをした。「あなたのお父さんと私は、もしあなたが彼との結婚に疑問を抱いているのなら、手を引くのに遅すぎることはないと言いたかっただけ」

マレカは喉をごくりと鳴らした。「お母さん、心配してくれてありがとう。でも、私は決めたの、彼と結婚するって」

初めて聞く娘の決然とした声に、母親はほんのわずか目を輝かせ、頬を染めた。「まあ、どうしても先に進みたいのであれば、何も言わないわ。ただ、私たちは警告した。そのことは覚えておいて」

「どうして？　お母さんたちは本当に私のことを心配しているの？　それとも、私がお母さんとお父さんに恥をかかせるかもしれないと、そのことを心配しているの？」

母親が目を見開き、それから蔑みの表情を浮かべて娘を見た。けれどマレカは、今日のような重要な日に自分が母に立ち向かったことにかすかな勝利感を覚えた。そして母が何か言う前に続けた。

「支度を急がないと。ありがとう、お母さん」

それでも母親は何か言いたそうにぐずぐずとその場にとどまっていた。だから、ノックの音が響いたとき、マレカはほっとした。

「どうぞ」彼女は救世主に呼びかけた。そして、その救世主が結婚を約束した男性であることに気づくなり、息をのんだ。「カ、カエタノ……」

ボスであり、もうすぐ夫となる男性をファーストネームで呼ぶことに、マレカはまだ慣れていなかった。とりわけ、彼がよそよそしかったこの二週間は、その名を口にするたびに胃に小さな衝撃が走った。自分には彼をファーストネームで呼ぶ権利があるし、彼からもそうするよう言われていたにもかかわらず。

カエタノが部屋に入ってくると、今度は全身に衝撃が走った。モーニングスーツ姿の彼が罪深いほど美しかったからだ。この美しさは犯罪だ。髪を後ろに流し、フレンチ窓から差しこむ日差しに角ばった頬骨を輝かせていた。

「大丈夫ですか、ミセス・ディクソン？」

その質問は母親に向けられたものだったが、彼の視線はマレカに向けられていた。

「ええ、もちろん。ちょうど出ていくところだったの」母親はカエタノと娘を交互に見ながら答えた。

その数秒後、母親は部屋を出ていったが、マレカはほとんど気づかなかった。カエタノに気を取られていたからだ。「伝統を重んじるなら、花嫁がバージンロードを歩くときまで、新郎は花嫁に会ってはいけないんじゃなかった？　私はあなたに抗議するべきかしら？」笑わせようとした彼女の試みは失敗し、息苦しくなるほどの緊張が彼から伝わってきた。

もしかしてカエタノは気が変わったと言いに来たのかしら？　母が示唆したように、私は彼にふさわしくないと？

彼はラグビー選手も羨むほどのがっちりした肩をすくめたかと思うと、腕を伸ばせば届く距離まで近づいた。「伝統にこだわる必要はない。僕たちは、この結婚がどういうものか知っている」

身も蓋もない指摘に、マレカは少なからずショックを受けた。「それで、何かご用かしら？」彼女の声は震え、内心の動揺を反映していた。もし彼が結婚式の中止を決めたのであれば、九百人の招待客の前ではなく、今ここで告げてほしいと思った。

「きみのお母さんがこの部屋に入るのを見て、ちょっと気になったんだ。先日のディナーで、きみたち母娘《おやこ》の関係がぎすぎすしているように見えたから」

マレカは狂おしいほどの安堵感《あんどかん》に包まれた。両親との冷えきった関係を知られたことを恥じる以前に、わざわざ様子を見に来てくれたことに驚いた。

「つまり……私が大丈夫かどうか見に来ただけなの

ね？」

カエタノの片方の眉が上がり、ゆっくりと彼女の全身に視線を這《は》わせた。「結婚式の直前に花嫁の健康状態をチェックするのは、意味のあることだ」

彼の鋭いまなざしが喉に注がれるのを感じ、マレカは息をのんだ。「じゃあ、気が変わったわけではないのね？」考えるより先に問いが口をついて出た。

カエタノは怪訝《けげん》そうに目を細めた。「僕の気が変わったかもしれないと思う理由があるのか？　それともきみが考えを変えたのか？」

彼の目を見て、マレカは唖然《あぜん》とした。カエタノ・フィゲロアのような男には似つかわしくないパニックのようなものが浮かんでいたからだ。

なぜかマレカは笑いたくなった。彼の堅固な鎧《よろい》に小さなひびが入ったのを見て安心したからだ。カエタノは、指を鳴らすだけでどんな人間も思いどおりに操れると信じているほど驕《おご》り高《たか》ぶった冷徹な人ではなかったのだ。この二週間、私は彼の冷淡さを大げさに考えすぎていたのかもしれない。

「いいえ、私の考えは変わらない。もし変えるとしたら、母との話は五分じゃすまないでしょうね」彼の目からパニックめいたものが消えたのを認め、マレカは続けた。「では、行きましょうか。お客さまをいつまでも待たせるわけにはいかないから」

「彼らはいくらでも待つよ、僕が望めば」カエタノは彼女の目を見つめ、傲慢にも言い放った。

これで彼は部屋を出ていくと思った次の瞬間、逆にマレカに一歩近づいた。

「な、何をしてるの？」

「したいことがあるんだ」

カエタノがつぶやくと、マレカの脈拍は跳ね上がり、顔から血の気が引いた。彼女は彼が言わんとしていることを正確に理解した。カエタノの視線が彼女の唇に注がれていたからだ。

「カエタノ……」

「うーん、それこそが僕が求めている反応、そしてみんなに見せたい反応なんだ。わかるかい《シ》?」

マレカが答える前に、カエタノは彼女の頬を両手で包み、その体を自分の熱い体に引きつけた。

ショックのあまりマレカは動けなかった。血管を駆け巡る血潮と鼓動の高鳴りが、彼のぬくもりを感じたいと叫んでいたからだ。

マレカが軟化したのは、母親との気がめいるような会話のせい、あるいは、この二週間のカエタノの冷淡さのせいかもしれなかった。彼に引き寄せられると、マレカは進んで身を委ねた。彼女は愚かにも、絶えず苛《さいな》まれている劣等感や自信のなさを払拭したくて、新たな経験を求めていた。

マレカは彼の首に腕をまわし、目を閉じた。二人の唇が重なった瞬間、双方からうめき声がもれた。

こんなことをしてはいけないとわかっていたが、カエタノの舌に魔法をかけられ、やめるにやめられなかった。

アルゼンチンでの二人の最初のキスは、祭壇で行われるはずだった。九百人の参列者をだますのに充分な時間をかけて。けれど、このキスは、おそらくそれをはるかにしのいだだろう。これは、彼女の自制心をあざ笑うようなキスで、止められるはずもなかった。というのも、マレカはカエタノとのキスを幾度となく空想していたからだ。どんな味なのだろう、今まで経験したことのないような味なのだろうか、と。そして、彼女は怖くなった。これは究極のキスとして永遠に心に刻まれ、これ以上のキスはもう望めないと思ったからだ。

その不穏な思いが、完全に自分を見失う前にマレカを一歩あとずさりさせ、キスを終わらせた。

「今のは、なんのためのキス?」

彼は未練がましく肩をすくめて答えた。「確かめたかったんだ」

「何を？」

「僕が触れるたびに、きみは怯《おび》えた小鳥のようにびくっとしたり震えたりする。僕が気づかなかったと思うか？　祭壇でそんな反応を示されたら困る」

マレカは手を上げ、無意識のうちに唇に触れた。

つまり、これはすべてテストだったのだ……。

カエタノを憎むべきか、彼の戦略的な思考に敬意を表するべきか、マレカにはわからなかった。一つ確かなのは、自分が混乱の極みにあるのに、彼が平静を保っているのがいやでたまらないということだった。動揺を隠そうと、マレカは彼に背を向けた。

「もう答えは出たようね。そうでしょう？」

カエタノはわずかに首を傾けた。「おそらくもっと深いうめき声をもらしたほうがうまくいくだろうし、もう少し僕にしがみつきたい気持ちが出ていれば、僕たちのキスは合格点をもらえる」

絶望感はますます深くなり、打ちのめされながらも、マレカはなんとかうなずいてみせた。「覚えておくわ。さて、もうテストが終わったのなら、行ってちょうだい」

彼女のきつい口調にいらだった様子を見せながらも、カエタノはうなずいた。「祭壇で会おう」

彼が出ていったあとも、マレカの心は今しがたのキスのことでいっぱいだった。スタッフが戻ってきて、慌ただしく最後の仕上げに取りかかっている間も、そのことばかり考えていた。

数分後、一階へ下りて芝生に出ると、マレカを見つめる大勢の顔が目に飛びこんできた。両親のほかに、親戚は一人もいない。彼女がそう望んだのだ。この便宜的な結婚に、好奇心旺盛な身内からあれこれ詮索されるのは耐えがたかったからだ。

マレカは頭を高く掲げ、ささやき声や、ドレスやダイヤに注がれる視線を無視した。

とはいえ、それを続けるのは容易ではなかった。カエタノがバージンロードの先に立ち、マレカをじっと見ていたからだ。彼女は隣にいる父親のことはすっかり忘れて、夫となる男性の視線に引っ張られるようにして歩を進めた。

カエタノが彼女に手を差し伸べた瞬間、ほかのすべての人がマレカの頭から消え去った。これがなんなのか、彼女にはわかっていた。私は彼と協定を結び、それを果たすためにここにいるのだ。

しかし、心のどこかには、小さな幻想が潜んでいた。この結婚の内実を否定し、ただゴージャスなウエディングドレスを着て、ひそかに憧れていた男性と結婚するという幻想が。

招待客が静まり返り、マレカはカエタノと向かい合った。そして、司祭の指示に従い、これから三年間にわたって結婚生活を続けることになる男性と目を合わせ、淡々と誓いの言葉を述べた。それでもひそかな憧れを抱いてこの場にいることを、彼女は捨て去ることができなかった。

カエタノが深く静かな口調で誓いの言葉を繰り返したあと、二人は夫婦となった。

彼に引き寄せられたとたん、マレカの胸に警戒心が湧き起こった。カエタノは温かな手を彼女の肩にまわし、じっと目を見つめている。次に何が起こるかはわかっていた。だから、カエタノの唇が近づいてきても、彼女はたじろいだりしなかった。

マレカが感じたのは、爪先から髪の生え際まで感電したようなぴりぴりした感覚だった。恥ずかしいことにその感覚に病みつきになりつつあったので、彼女は彼の胸に手を添えて唇を開いてキスを受け入れた。すると、あちこちからささやき声や咳払《せきばら》いが聞こえてきた。

唇を離したあとも、カエタノはしばらく花嫁を抱きしめていた。マレカはそのことに感謝した。落ち着きを取り戻す時間が欲しかったからだ。

カエタノの思惑どおり、花嫁は頬を紅潮させ、夫のキスに頭がくらくらしていた。二人が客たちのほうを振り向く前に彼が見せたしたり顔から、マレカは自分が見事にやり遂げたことを知った。

そのあとの数時間、彼女は彼に認められた喜びに浸りながら、おそらく二度と会うことはない大勢の人たちから祝福を受けた。両親でさえ、目の玉が飛び出るような高価なクリスタルグラスにつがれた年代物のシャンパンを楽しんでいた。

カエタノのユーモアとため息を誘うようなロマンにあふれたスピーチに、マレカは聴き入った。数日前の祝賀会で突然カエタノから両親だと紹介された年配のカップルのことは考えないようにして。彼らは強い猜疑《さいぎ》の目で彼女を見ていた。

6

披露宴は大盛況で、大邸宅の至るところを埋めつくした招待客は歓談しながら、極上の料理と年代物のシャンパンに酔いしれていた。どこを見渡しても、不満げな客は見当たらなかった。

カエタノは邸宅を完全に開放し、客は大いに楽しんでいる。そのため、マレカの指に見事なプラチナの結婚指輪をはめた夫を捜すのに、予想以上に時間がかかった。

マレカは、結婚してすぐに夫と離ればなれになったことをからかわれたりしながら、客たちの談笑の輪から輪へと渡り歩いた。けれどしだいに、からかいに笑って応じる余裕がなくなり、うなじの不吉なうずきにそわそわし始めた。そして、カエタノの書斎の近くまで来たとき、中から大声が聞こえてきて、足を止めた。

カエタノの書斎は昼下がりの陽光が差しこむ以外は陰になっていて、その中に彼とその両親が立っていた。彼らの立ち居振る舞いが、今そこで何が進行しているかを如実に物語っていた。

カエタノは両親と面と向かい、肩をいからせている。両親に挑んでいるのは明らかだ。しかし、怒りを爆発させる一方で、かすかな感情の揺らぎが見て取れた。

「父さん、あなたは今日、その件を訴えるためにここに来たのか？」

父親は肩をすくめた。「おまえはもう私たちの電話にほとんど出ない。だから、この機会を逃すわけにはいかなかった」

カエタノは顎を引き締めた。「金をせびるときにしか連絡してこないからだ」

彼の声ににじむやるせなさに、マレカは胸を締めつけられた。そのとき、彼の父親が笑い声をあげた。

「おまえまだ若い頃の感傷にとらわれているのか？　私たちを慕っていたおまえも、今ではもう立派な男だ。もう過去は水に流して、私たちに感謝の気持ちを示すときが来たんだ」

カエタノは拳を握りしめた。「あなたはまだ僕に対して影響力を持っていると思っているのか？」

彼の両親は顔を見合わせた。その表情にマレカはぞっとした。

「私たちはおまえの結婚が見せかけだと知っている。そして、会社に波風を立てない見返りとして、私たちを役員に迎えるよう望んでいる。それとも、金食い虫の小娘と恋に落ちたとでも言い張るつもりか？」

緊張の一瞬、カエタノは沈黙を貫いた。マレカは耳の奥でとどろく鼓動のせいで、彼の返事が聞こえないのではないかと心配したが、杞憂《きゆう》だった。ほどなく彼の声がはっきりと聞こえてきた。

「いや、僕は彼女を愛していないし、彼女のことをほとんど知らないかもしれない。だが、僕はあなたと違って、自分の生得権を確保するために、気まぐれな感情に煩わされるつもりはない。もしあなたが〈フィゲロア・インダストリーズ〉を危険にさらすようなまねをしたら、その影響があなたにも及ぶことを忘れないように」

踵《きびす》を返し、静かな場所を見つけて彼の言葉に引き裂かれた感情を縫い合わせるべきだった。なのに、その場の殺伐とした雰囲気がマレカをそこにとどまらせた。彼女自身も、思いやりのない両親を持つ悲しみと苦悩を知りすぎていた。そのわずかな親近感が彼女を突き動かした。

マレカは書斎に足を踏み入れた。「大丈夫、カエタノ？」

彼の父親の顔に嘲笑と悪意がひらめいた。「ああ、偽物の花嫁が愛する人を助けに来たのか？　怒らないでくれ、お嬢さん。この結婚が大仕掛けの芝居であることはお見通しだ」

「あなたは僕の妻に敬意を持って接するべきだ」カエタノは冷ややかに警告した。

危険な領域に足を踏みこんだと悟ったのか、父親は眉をひそめただけで、何も言わなかった。

代わりに母親が口を開いた。「来週、電話をちょうだい。今月中に役員会に加わるつもりよ。この件から逃げられるだなんて思わないで。私たちは、あなたが思っている以上に、あなたが生得権を主張するのを難しくすることができるのよ」

カエタノは目を険しく細めたものの、黙っていた。

そして彼の両親はマレカをあざ笑うような目で見たあと、出ていった。

マレカの心は木の葉のように揺れ続けた。カエタノが近づいてくる気配を感じたが、彼を見る気になれなかった。

「マレカ、きみは……」

「彼らに敬意を持って接しろと?」マレカは吐き捨てるように言った。

カエタノは眉根を寄せた。「だが――」

「黙って! 言わないで」遮ったあとも、彼女の口は勝手に動いていた。「あなたは私を愛していないと言った。私のことをほとんど知らないとも」

彼の顔が引きつった。「それのどこがいけないんだ? 本当のことを言ったまでだ」

もちろん、彼の言うとおりだ。この状況下での唯一の間違いはマレカがいまだに幻想を抱いていることだった。

「僕はそのことをはっきり言う必要はないと思っていたが、事態がさらに悪化する前に言っておく。僕に好意を抱くのは間違いだ。肝に銘じてほしい」

その言葉に傷つきながらも、マレカはなんとか顎を上げた。「あなたは本当にうぬぼれ屋ね。心配しないで。私は自分の立場をわきまえているから大丈夫」彼女はくるりと背を向け、ドアへと足を向けた。どこか静かな場所を見つけて、胸に刺さったとげを抜かなければ。

「ああ、マレカ……」

切なげなその声に、彼女ははっとして足を止めた。恐怖に手足が硬直する。「何?」

「今後、僕を守ろうとする必要はない。僕はこれまでずっと、あの両親やその同類たちをさんざん相手にしてきた。だから慣れている。きみはきみ自身の両親と向き合ったほうがいい」

カエタノに、真っ当な、けれど厳しい現実を突きつけられ、マレカの幻想はついに粉々に打ち砕かれた。ダイヤの指輪が肉に食いこみ、知らず知らず拳を握りしめていたことに気づく。その痛みはこみ上げる涙を押し返すのに役立った。「私の助けは必要ないということね。わかったわ」

マレカは近くの化粧室に逃げこんだ。涙がこぼれ落ちないよう必死にまばたきを繰り返す。その甲斐《かい》もなく数滴が頬を伝い落ちると、半ば憤慨したようなすすり泣きが喉からもれた。

こんなことで泣くわけにはいかない。彼にどう思われようと気にしないと決めたはずでしょう？　私がこんな事態に陥ったのは、彼の計画が破綻しそうなことにほんの少し責任を感じたからにほかならない。けっしてあの愚かな恋心のせいじゃない。彼への憧れはもう過去のもので、私はようやく、彼との間に通じ合うものがあると信じるのをやめることができたのだから。そうでしょう？

マレカは歯を食いしばり、恐ろしいパニックの発作が全身に広がる前に押しとどめた。そして涙を堰《せ》き止《と》められたことに感謝しながら、頬の涙を指で拭った。それから深呼吸をして、鏡に映った自分の姿を確認する。幸い、見た目はさほどひどくなかった。手早く化粧を直し、泣く前とほとんど変わらない状態になると、彼女はぐいと顎を上げ、ドアに向かった。瞳に映る荒涼としたものから目をそらして。

この十五分間は示唆に富んでいた。過去のしがらみのせいで、カエタノはあらゆる感情に対して頑《かたく》なになっていたのだ。そして、彼にとって唯一大切なのは、〈フィゲロア・インダストリーズ〉なのだ。

カエタノは自分の目的を達成するために、ほとんど見向きもしなかった女性と結婚した。マレカは、どんなにつらくても、その事実を心に刻み、片時も忘れないようにする必要があった。

書斎での不幸な出来事から一時間もたたないうちに、披露宴はお開きになろうとしていた。マレカはそのことに感謝した。けれど、その短い時間でさえ、カエタノの鋭い視線を避けるのは難しかった。彼が話しかけてくる気配を察するたび、マレカはほかの人に話しかけて、かろうじてやり過ごした。

祖母はマレカのストイックさを褒める傍ら、よく嘆いていた。悲しいことにストイック精神には限界があると。マレカは、カエタノの視線を感じるたび、ストイック精神の有限性を感じていた。もしかしたら、この二週間のように自分を甘やかし、彼を求めてしまうかもしれない、と。

顎を高く上げながらも、彼がどれほど親身に気遣ってくれたかを思い出すと、胃がきりきりと痛み、シャンパンのフルートグラスが手の中で震えた。運悪く、カエタノがそれを見ていた。

「気をつけるんだ、いとしい人《ケリーダ》」彼はすかさず警告した。「感情が表れている」

マレカは思わず、耳障りな笑い声をたてた。「私たちの間でそんなことはありえないわ」意図した以上に口調が鋭くなる。

何人かの客が二人の様子をこっそりうかがっていた。力強い腕が腰にまわされ、それが警告にほかならないと気づいても、マレカは少しも驚かなかった。

「最愛の妻を連れ去るときが来たようだ」カエタノは近くにいる客たちに言った。「もう充分に、妻をみなさんに提供したのだから」

はやしたてる声と笑い声があがり、一分もたたないうちに二人は拍手に送られて退出した。

マレカは彼に導かれるがまま部屋を横切った。意に反して、彼の柔和な笑顔に見とれながら。そしてテラスに出るなり、広大な庭の端にヘリコプターが待機しているのが目に入った。そのとたん、膨大な結婚のスケジュール表のどこかに、コルドバへのハネムーンという項目があったことを思い出した。

マレカは重い足を引きずりながら、そのことにもっと注意を払わなかった自分を責めた。彼女のためらいに気づいたのか、カエタノの足が止まった。そして抗《あらが》う間もなく、彼の腕に引き寄せられた。絶望的な怒りが胸にこみ上げ、マレカは口を開いたものの、彼に先を越された。

「後悔するようなことを言う前に、観客がいることを忘れるな」カエタノは穏やかな口調で警告を発した。「せっかくここまでこぎつけたんだ。台なしにしないでくれ」そう続けながら、彼は指の背で彼女の頬を撫《な》でた。

しかし、彼女はストイック精神を使い果たしていた。「何をそんなにびくびくしているの？」

カエタノは身を乗り出し、口を彼女の鼻先に近づけ、キスの真似事《まねごと》のように息を吹きかけた。「その生意気な口を黙らせ、暴動をしずめる方法を僕は知っている」

マレカは息をのんだ。「そうなの？　別にかまわないけれど、照明器具のように感情のスイッチを入れろとか切れとか、私に要求するのはやめて。それに、あなたはもう、望んでいたものを手に入れた。私は自分の役割を果たしたと思うけれど？」

彼の目がほんの少しきらめき、それから視線が左右に泳いだ。その動きで、マレカは客たちが庭を見下ろすテラスに集まって二人を見ているのに気づき、心臓が早鐘を打ちだした。

同時に、カエタノの左腕が再び腰にまわされるのを感じた。彼はマレカを引き寄せ、ついさっきまで頬を撫でていた右手の指をうなじに移した。そして全身を包みこむようにしてぎゅっと抱きしめた。

なんの前触れもなく、カエタノは彼女の上体を反らして熱烈にキスをして、拍手喝采を浴びた。マレカの中でついさっき彼が愚弄した暴動が勃発したが、それは熱烈なキスが引き起こしたものであり、けっして怒りがもたらしたものではなかった。そう、彼女はひそかに彼との触れ合いを楽しんでいた。

解放されたときにマレカが示した反応は純粋な自己防衛だった。「次はどうするの？　膝をついて、歯でガーターを外すとか？」

「きみがガーターをはいていたらね」

「そうじゃないとどうしてわかるの？」

彼の目に奇妙な光が宿った。「気にしていたからだ。ケリーダ、きみのことは何もかも」

「それは私を怖がらせるため？　それとも安心させるため？　でも、言っておくけれど、どちらにしても、なんの効果もないわよ」

「じゃあ、もっと頑張らないといけないな」

「お笑いぐさだわ」

「きみは正確には何について言っているんだ？」

「本気できいているの？　私が二分前に言ったことを聞いていたの？」

カエタノは苦笑した。「僕に見えるのは、興奮した花嫁だけだ」

「私のことなんて、少しも気にしていないくせに」マレカは鋭く言い返した。

彼の魔法めいた瞳にまた光が宿った。「なぜ気にしなければいけないんだ？　互いを思いやるという項目は、契約書になかったと思うが」

息がつまり、胸が苦しくなって、耳の奥で鼓動が鳴り響いた。「そのとおりよ。私は愚か者ね。だけど、あなたがこんなに冷酷だとは思わなかったわ」

カエタノは身を硬くした。見開かれた目には影が差している。ついこの間まで謎めいていると思っていた男性の瞳の中にまたも感情の揺らぎを認め、マレカは唖然《あぜん》とした。

今もまだカエタノはマレカをしっかりと抱きしめていた。彼はそのまま背筋を伸ばして彼女を抱きかかえ、はやしたてる客たちを無視してヘリコプターに向かった。

搭乗する直前、カエタノは彼女の耳に口を寄せた。

「ケリーダ、早い段階で学ぶに越したことはない。これで僕たちは失望することはない。二人ともね」

その言葉は、コルドバにあるカエタノの豪華な別荘に着くまでの五十分間、ずっとマレカの脳裏にこびりついていた。

感情過多になっていたせいか、それともカエタノの裕福さに麻痺《まひ》していたせいか、そのすばらしい邸宅を見ても、マレカは心を動かされなかった。

太陽は沈んだばかりだが、残照が石造りの建物を黄金色に照らしていた。しかし、マレカが気を取られていたのは、次の一週間を過ごすことになる別荘へと導くために、誰が見ているわけでもないのに彼女の手を握っているカエタノの指の感触だけだった。

結婚式のあと、マレカはドレスのトレーンを取った。その巧妙なデザインのおかげで、ウエディングドレスは動きやすいエレガントなボールガウンに早変わりした。そのため、豪華なリビングルームに一歩足を踏み入れた瞬間、彼女はカエタノの手から自分の手を引き抜いた。そして、私に触れないでとばかりに、彼をにらんだ。

カエタノはしばらく彼女を見ていたが、やがてため息をついた。「結婚初夜がこんなふうになるとは夢にも思わなかった」

マレカはあざ笑った。「苦悩する夫を演じるのはやめて。観客がいないところでは、私の気持ちなんてどうでもいいんでしょう？」彼女は周囲を見まわし、彼ともっと距離をおく必要があると感じた。涙がこみ上げる前に。「家政婦はいるの？　それとも私が自ら寝室を選ぶのかしら？」

夫は何も答えず、ただマレカを見つめている。心の奥底まで見透かされているのではないかと不安に駆られるようなまなざしで。

沈黙に耐えきれなくなり、マレカは急ぎ足でドアに向かった。だが、部屋を半分も横切らないうちに、彼が立ちふさがった。

「意見の相違は認める。だが、対立が長びくのは許さない」

「妙なことを言うのね。そんなこと、私たちの契約にはなかったはずよ」口を開いた彼を、マレカは手を上げて制した。「カエタノ、あなたは私を思いどおりに操れると思っている。まるで私が取るに足りないゴミのような存在であるかのように。そんな侮辱に甘んじるつもりはないわ」

カエタノは顔をしかめた。「僕はきみを軽く扱ったことはないし、侮辱したこともない」

怒りがマレカの自制心を砕いた。「本当に？　あなたのお父さんが私のことを〝金食い虫の小娘〟と侮辱したとき、あなたは一言も反論しなかった」

彼の顎が引き締まった。

倦怠感《けんたいかん》が肉体的にも精神的にも彼女をむしばんでいた。突然、この激動の二週間の疲労がいっきに押し寄せたかのように。「私は約束は果たした。だから、もう放っておいて」

カエタノはいかにも不快そうに顔をしかめ、彼女を見ていたが、やがてうなずいた。今は何を言っても無駄だと諦めたのだろう。

そして雇い主がテレパシーで呼び出したかのように、ふいに居間のドアが開き、背の低い中年の執事が入ってきた。そして、主人との短いやり取りのあと、無表情で一礼してマレカを廊下へと導いた。

マレカはあえて夫におやすみの挨拶をしなかった。カエタノ・フィゲロアにとって、マレカは大きな計画の歯車にすぎず、気にかけるに値しない存在だとわかっていたからだ。彼女の両親にとって娘がそうであったように。

7

カエタノはプライベート・スイートのドアを閉めると、拳でたたきつけたい衝動をかろうじて抑えてドアにもたれ、両手で顔をこすった。

今朝、義理の母がマレカの部屋の前に立っているのを見かけ、義母が何を企《たくら》んでいるのか突き止める必要があると感じた。その瞬間から、すべてが狂い始めたらしい。

いや、違う。カエタノはただちに否定した。計画に狂いが生じたのは、結婚式に僕の両親を招くと決めたときからだ。それが最初の過ちだ。彼らはそれを、僕を操る絶好のチャンスととらえたのだ。

カエタノはかぶりを振って、息子のために見かけだけでも幸せな家族のふりをすることができなかった両親を心の底から軽蔑した。

マレカの両親のことも。あの冷淡で思いやりのない連中のせいで、彼女は自己肯定感の薄い人間になってしまったのだ。なのに、ブエノスアイレスの社交界で輝きを増していく彼女に、なぜかカエタノはますます興味を引かれていた。

彼は書斎で交わされた両親との会話を、歯ぎしりしながら思い返した。両親を非難することもできたし、両親に感情を乱された自分を非難することもできた。まったく《ディオス》、僕は自分の感情をコントロールできないことを両親のせいにするつもりか？

カエタノは天井を眺めながら、後頭部をドアにぶつけた。「おじいさん」小声でつぶやく。「あなたはこんな僕をどう思います？」

こんな弱気の虫に心を害されまいと、カエタノは意を決してドアから身を離した。しかし、部屋を横切って飲み物が並んだキャビネットに向かったときでさえ、罪悪感のかけらが彼の胸を突き刺した。

僕は彼女に厳しすぎたのだろうか？　そうに違いない。僕は八つ当たりをしてしまったのだ。だが、マレカの目には、僕の苦悩を知っているかのような同情が浮かんでいた……。

胸が苦しくなり、彼はシャツのいちばん上のボタンを乱暴に外した。それでも、胸苦しさはおさまらず、マレカの苦痛に満ちた表情が心の目に浮かんだ。

彼がソファに腰を下ろしたのはほんの一瞬だった。すぐに立ち上がり、慣れない感情を紛らすために居間を歩きまわる。その感情は、二週間前にロンドンでイギリス人ＰＡと結婚するという考えが頭に浮かんだあの夜から芽生えたものだった。

僕は、自分は何も悪いことはしていない、自分が抱いている正義の怒りは当を得たものだという確信に安住し、安全な場所にとどまることもできる。あるいは、この便宜的な結婚が間違った形で始まらないようにすることもできる。

だが、事態を悪化させた経験が何度もあるカエタノは、それは賢明な考えではないとわかっていた。そもそもマレカ・ディクソンと偽装結婚に踏み切ることに、彼は不安を抱いていた。彼が最も避けたかったのは、彼女が契約書の過失条項に抵触するような愚かな行為に走ることだった。

カエタノは顎を引き締め、部屋を出た。切迫感に駆られたが、彼はそれを認めたくなかったし、分析したくもなかった。

一分もたたないうちに、カエタノは彼女の部屋のドアをノックした。こめかみの縁に汗をにじませながら応答を待つ数秒が数時間のように感じられた。彼女はドアをほんの少し開け、ゆっくりと時間をかけて彼の足元から視線を上げていった。彼の顔を見るのが耐えられないかのように。

そんな彼女にカエタノはいらだつ一方で、下腹部にうずきが生じるのを感じた。これまでにも何度もあったことだが、マレカは自分の視線が彼にもたらす効果をほとんど理解していないに違いない。

「傷口に塩を塗りこみに来たのかしら？」彼女の声は硬く、少し震えていた。

カエタノは口を開いたものの、来る途中で練習した言葉はどこかへ消えてしまった。「ばかな。まずは中に入れてくれ」

マレカは眉根を寄せていぶかしげに彼を見つめた。その目にはさらなる攻撃を予感させる炎が燃えている。「どうして？」

彼は半歩近づき、彼女の喉元で脈打つ部分を見ながら答えた。「僕たちの結婚初夜だからだ。少なくとも一緒に過ごすべきだ。そうしないのは、事実上犯罪だと見なす者さえいる」

マレカの目がわずかに見開かれ、敵意に満ちた警告の光を放った。「何を言いたいのかよくわからないけれど、今日は長い一日だったから、早く休みたいの。さっさと言いたいことを言って、帰って」

ドア枠に寄りかかると、彼女の魅惑的な香りがカエタノの鼻をくすぐった。「さっきは少し言いすぎたかもしれない」

「そうなの？」マレカは言い、眉をひそめた。

彼は唇を引き結んだ。「ドアを隔てて話すのは気が進まない」

とっさにドアにしがみついたマレカを見て、カエタノは彼女の顔色が悪いことに気づいた。

「本当に？〝金食い虫の小娘〟は、もう会話は終わったという印象を受けたけれど？」

くそっ《バスタ》。思ったとおり、父のあの暴言は彼女の最も深いところに突き刺さったのだ……。

カエタノはその場から立ち去ろうかとも思ったが、この緊張状態が朝まで持ち越されるのは避けたかった。彼は鋭く息を吸いこみ、今までしたことのないことをした。つまり、過去について言及したのだ。

「僕の父には、僕が大切にしていると思うものに目をつけ、それを壊そうとする悪癖があるんだ」

「どういうこと？」マレカは顔をしかめて尋ねた。

「もしあのとき僕がきみをかばったら、父の攻撃はさらに激しさを増しただろう」

「つまり、あなたは私を助けるために、あえてお父さんが私を侮辱するのを聞き流したというの？」

「きみは僕たち親子の会話をほとんど聞いていたはずだ。父と母がどういう人間か、だいたいわかったんじゃないか？」

　またしても、マレカの目に、柔和で共感めいたものが浮かんだ。それを自分のものにしたいという衝動をカエタノは憎んだ。おそらくはそのような衝動をもたらす彼女自身も。

「いいえ、そんなことはない」彼女は否定したあと、顔をゆがめた。

「どうかしたのか？」

「私は……」マレカは言葉を切り、首を横に振った。

「なんでもない――」

「いや、明らかに何かあるはずだ」カエタノは遮った。「早く言えば、それだけ早く僕を追い払える」

促しながら何気なく彼女の手を見て、彼は息をのんだ。「なんてことだ《ディオス・ミオ》！　その手はどうしたんだ？」

　カエタノの険しい口調にマレカがたじろぐと、彼は腰を落とし、無言で彼女の手を取った。手首に五センチの切り傷があり、出血している。彼は空いている手でポケットからハンカチを取り出し、傷口にハンカチを巻いた。

「いったいどうしたんだ？」彼は繰り返した。

「笑い話みたいな、ちょっとした事故よ」そう答えながらも、彼女の顔は痛みにゆがみ、その説明に説得力はなかった。

「笑い事じゃない、マレカ。僕がノックしたとき、なぜその怪我《けが》のことを言わなかったんだ？」加えてカエタノの中で別の疑問が頭をもたげた。なぜ僕はこんなにも狼狽《ろうばい》しているんだ？

彼はマレカの返答を待たずに立ち上がり、妻を腕の中に引き寄せた。そうするのは今日二度目だ。

「こんなことは本当にやめたほうがいいわ」彼の腕の中でマレカは抗議した。

「なぜだ？」カエタノはバスルームに向かいかけて、戸口で立ちすくんだ。床に割れたガラスが散乱していたからだ。彼は有無を言わさずマレカを抱きかかえ、慎重にガラス片をよけながら廊下を進んだ。そしてバスルームに入り、彼女を洗面台に下ろした。

「ここでじっとしているんだ」

カエタノが救急箱を手に戻ったとき、ウエディングドレスがバスルームの片隅でくしゃくしゃに丸められているのが目に入った。それまで、カエタノはマレカが何を着ているのか意識していなかったが、遅ればせながら彼女の身なりに目が行った。

彼女は白いレースのテディを身につけ、その上に薄手のシルクのローブを羽織っていた。ブエノスアイレスに到着して以来、マレカの肌は色つやを増し、レースと豊かなダークブロンドの髪の組み合わせは、記憶にないほどの飢えをカエタノにもたらし、指や下腹部をひどくうずかせた。

「私が出血多量で死ぬまで、救急キットを持ってそこに立っているつもり？」

まったく、マレカの言いぐさときたら！　彼女を気弱だと思ったり、消極的な性格だと思ったりした僕は、なんと愚かだったのだろう。

カエタノは彼女のローブの袖についた血痕を見て、うなり声を噛《か》み殺《ころ》した。水道の蛇口をひねり、彼女の手を冷たい水にさらして血を洗い流す。彼女の脈が彼の指の下で跳ねるのがわかり、体が熱くなった。

「何があったのか、まだ話してくれないんだな」カエタノは不機嫌そうに言った。彼の脳裏にはあまりにも多くの不穏なシナリオが浮かんでいた。とりわけ最悪なシナリオは、彼女の怪我が自分のせいかもしれないというものだった。

もしかして……。

カエタノが顔を上げると、彼女が困惑げに彼を見ていた。「なんだ？」

「あなたは一瞬、ひどく具合が悪そうに見えた。血が苦手なの？」

カエタノは彼女の手を握った。指のうずきが募るのを無視して。「ばかな」彼女の手をそっと開かせ、傷の具合を見て、ほっと息を吐いた。傷は浅い。綿棒を消毒液に浸しながら警告する。「ひりひりするよ。けれど、僕が知りたいことを話してくれれば、気が紛れるかもしれない」

すると、マレカはため息をついた。その柔らかな息が顎にかかり、カエタノは身をこわばらせた。

「大したことじゃないわ。ウエディングドレスを脱ごうとしたときに手が当たり、うっかり花瓶を床に落としてしまったの。それで、割れたガラスを拾おうとして切ってしまったわけ」消毒液の染みた綿棒が傷に触れた瞬間、彼女の手がぴくりと動いた。

「すまない《ロ・シエント》……」カエタノはすかさず謝った。それが功を奏し、彼女の肩から力が抜けたのがわかった。

消毒を終えると、カエタノは優しく、そして手際よく、包帯を巻き始めた。その一方で、体の至るところが、鼻孔に広がる彼女の香りや腿のなめらかさに反応するのを抑えられなかった。

ああ、どうかしている。ティーンエイジャーのように体が反応するとは。「助けを呼ぶこともできたはずだ」

マレカは彼をにらみつけた。「誰に？　あなたの執事に？」

その嘲りは明らかに意図的だった。彼女は僕に助けを求める気はないとほのめかしているのだ。「いや、間違いなくマヌエルにではない」執事が妻の体に触れるなど、カエタノは考えたくもなかった。

「それなら……」マレカは肩をくねらせ、ローブの片袖を脱いだ。

渇望感が高じ、カエタノの目は彼女の首と肩が接するあたりのシルクのようになめらかな肌に釘《くぎ》づけになった。そして、自制心が弱っていたせいか、ストレスがたまっていたせいか、自分の手と口と体が欲するままに彼女を貪った。

マレカの呼吸が乱れ始める。カエタノはうれしくなった。さらに彼女が乾いた唇に舌を滑らせるのを目の端でとらえると、愛撫《あいぶ》に集中した。

「やめて！」マレカは言ったとたん、後悔した。平静を保っていたかったのに、彼のせいでそれがかなわなかったからだ。彼がドア口に現れたときの衝撃、手の怪我を見たときの驚愕《きょうがく》の表情、傷の手当てをしてくれた優しさ……。そして、琴線に触れた、彼の以前の行動に対する謝罪。

とはいえ、それらの積み重ねがマレカをここまで導いたのも事実だった。

カエタノの眉が上がり、セクシーな唇がほんのわずかほころんだ。「今度は、僕はどんな大罪で訴えられるのか、知りたくてたまらない」

マレカはあきれたように息を吐き出した。「あなたは自分が何をしているか知っているはずよ。私の顔と口をじっと見つめていた」彼女は言葉を切り、息を吸いこんで気持ちを落ち着かせた。「そんなことをされたら、私は……」

「興奮してしまう？」カエタノの声は低く、不機嫌そうだった。

彼の言葉を否定しても無意味だ、とマレカは思った。その証拠に、彼女の体は主人を裏切っていた。彼女の腿が左右に開くと、カエタノはその間に引き締まった腰を割りこませた。

マレカははっとしてあとずさったものの、すぐに背後の鏡にぶつかった。「人前じゃないんだから、私を魅力的だと思うふりをする必要はないわ。私はもう大丈夫。だから、行っていいわよ」

カエタノは逆に二人の距離を縮めた。「僕がきみに魅力を感じていないと思っているのか？」彼の温かな息がマレカの耳たぶをかすめ、彼女の肌を震わせた。「僕が今、きみを裸にして、そこにあるベッドに押し倒したいと思っていないと？ そしてあれこれ想像して下腹部を硬くさせていないとでも？」

彼の刺激的な言葉の連続に、マレカの脈拍は急上昇した。「な、なんですって？ えっ、何？」

カエタノの唇が引き締まった。「ショックを受けているようだな、いとしい人《ケリーダ》。なぜだ？」

マレカは首を横に振った。「私はばかじゃない。私があなたのタイプじゃないことくらい、知っている――」

カエタノは彼女の口に指を立て、黙らせた。「今ここにいるきみは、僕が望む唯一の女性だ」

それは、ほかの女性なら聞きたかったかもしれない言葉に違いない。しかし、マレカの脳裏には、自分は取り替え可能な存在だという思いが寂しく響いていた。彼女は首を左右に振った。

その動きに合わせて、カエタノは息を凝らして彼女の唇に指を滑らせた。

自ら動きを止めたり、その行動の是非について考えたりする前に、マレカの舌が勝手に動いて彼の指を舐《な》め始《はじ》めた。

カエタノは息をのみながらも、手を彼女のうなじにまわして顔を引き寄せた。「僕が切望しているものがここにある」

「いいえ、嘘《うそ》よ。あなたは……私を求めていない」

カエタノがエロティックな声で低く笑うと、マレカの体は熱くなり、骨盤が溶けていった。

「きみがどれほど間違っているか、証明してやろうか、かわいい人《グアパ》？」彼は魅惑的な唇を近づけてささやいた。

マレカは〝イエス〟と答えたくてたまらなかったが、幸いその言葉が口から飛び出すことはなかった。一方で、〝ノー〟という言葉も喉につまったままだった。指が勝手に彼の引き締まった腰の上でぴくぴく動き始める。それでも、やっとの思いで言葉を絞り出した。「正気の沙汰じゃないわ」

カエタノの顔が引きつったかと思うと、口元に謎めいた微笑が宿った。「いや、僕たちは充分に合意に達することができる」

「この数週間はとても興味深かったけれど――」

「そしておそらく、これに対処する準備期間だったのだろう」

悪魔のような彼の言葉に、マレカの中でとろけるような感覚が強まり、彼女はそれを振り払おうと努めた。「あなたは私のものではない」胸が引き裂かれるような思いで、その言葉を口にした。

「それもまた真実だ。だが、今夜だけ互いに相手のものになることはできる。狂気が過ぎ去るまで」

狂気が過ぎ去るまで……。

それは非常に危険だが、信じられないほど魅惑的な申し出だった。先ほどカエタノが示唆したように、この瞬間は有限ではあるけれど、彼女の心が引き裂かれる恐れはほとんどなかった。なぜなら、それは互いの欲望を満たすためだけの純粋に体だけの関係だから。そうでしょう？

でも、彼は具体的にどんなことを考えているのだろう。キス？　ちょっとした触れ合い？　ある程度のところまで行って途中で引き返すという手もあるけれど、その前に自制心を失ってしまったら……。

そのとき、カエタノがマレカの髪に指を差し入れ、視線が合うように彼女の顔の向きを変えた。「きみは考えすぎだ」差し迫った声で言う。

彼女の両手が無意識のうちに持ち上がったものの、カエタノの体に触れるまでには至らなかった。「そうなるのも当然よ。だって、これは私たちの合意事項から逸脱しているのだから」

カエタノの鼻孔が広がった。「確かに、そうかもしれない。だが契約書を作成した時点では、僕たちは二人とも、お互いを手に入れたいという絶え間ない欲求に抗《あらが》えると思っていた。もしそれが不可能だとあらかじめ知っていたら、おそらく小さな活字でただし書きを加えていたに違いない。合意のうえでのセックスについて」

マレカは首を横に振ろうとしたが、目の前の屈強な男性は彼女にそのチャンスを与えなかった。カエタノは彼女の頭を指でエロティックに刺激し、脚の付け根に欲望の矢を送りこんだ。とたんに胸の頂が硬くなり、血がたぎって、マレカは腿で彼の腿をぎゅっと締めつけた。そしてついに、二人の脚が絡み合った。

彼の視線はマレカの張りつめた胸に注がれ、再び息が荒くなった。「きみは僕を求めている」カエタノは自信に満ちた口調で宣言した。彼女の目をしっかりと見つめてつけ加える。「きみはこれを欲しがっている」

天の助けだ、とマレカは思った。うめき声をあげながら一歩踏み出し、目の前にある彼の官能的な唇に自分の唇を押しつけた。

たちまち熱と欲望と純粋な興奮が燃え上がり、二人の距離はさらに縮まった。カエタノの舌が彼女の唇をなぞり、口を開くよう促す。マレカが応えるなり、舌を絡め合わせた。

カエタノはうめき、マレカの理性をのみつくすかのように退廃的に貪った。二人はより多くの快感と興奮を求めて、息が苦しくなるまで激烈なキスに溺れた。彼が口を離し、息を切らしながら言う。「僕に触れてくれ」

それは要求ではなく、命令だった。彼の差し迫った口調に胸を震わせ、マレカは両手を彼の腰にまわしてさらに引き寄せた。カエタノがあげたうめき声を励みに、左手で引き締まった胸の筋肉を探りながら、右手を伸ばしてうなじに爪を立てる。

「そうだ《シ》、いい子だ」

ああ、私は本当にこんなことをしていいの、あっさり警戒心を捨てて?

自問するマレカに、心の声が答えた。いいんじゃない? あなたの初夜なのだから。

かつて思い描いていた初夜とはまったく違っていたが、マレカはすでに未知の領域へと大きく踏み出していて、引き返すなど考えられなかった。カエタノの手が胸のふくらみを包みこみ、その親指が鋭敏なつぼみを攻めたてると、全身が小刻みに震えだした。脚の付け根に熱がたまり、新たな欲望が全身に広がっていく。

それはマレカがこれまで経験したことのない快感だった。だからこそ、彼がキスをやめて身を引いたとき、彼女は抗議のうめき声をあげた。

「僕が欲しいと言うんだ、グアパ」傲慢にもカエタノは命じた。

「ええ、あなたが欲しい」

マレカの貪欲な手が彼の下腹部へと伸び、張りつめた欲望のあかしに触れるやいなや、彼女は息をのんだ。

「くそっ《バスタ》、ここじゃだめだ! 僕はきみをちゃんと見ながら、きみのすべてを感じたい」

吐き捨てるように言うなり、カエタノは彼女を化粧台から抱き下ろした。マレカの脚が彼の腰を締めつけ、彼女の熱い下腹部と彼の鋼のような高まりが触れ合う。二人のうめき声があたりに響く中、カエタノは彼女を抱きかかえ、バスルームを出た。

彼の足がガラスを踏む音がしたが、マレカのあえぎ声にかき消された。彼の寝室へと向かう間に、ローブが肩からずり落ちても、マレカは気にしなかった。カエタノが彼女をベッドに横たえたときに彼女が身にまとっていたのはレースのテディだけだった。もはやマレカは欲望の炎に身を投じることしか頭になく、書斎での一件以来感じていた不安はその炎に焼きつくされた。

身を起こしたカエタノに向かってマレカは両腕を伸ばした。右手はベッド、左手はシャツの三番目のボタンに置いたまま、カエタノは恐ろしいくらいの集中力で、そして興奮と飢えをあらわにして、彼女を見つめた。

その視線はこの上なく刺激的で、マレカは病みつきになりそうだった。

「膝を立てて」

カエタノの命令に、マレカはすぐには応じなかった。彼の反応を見たかったし、彼をじらして飢えが増していく様子を見たかったからだ。実際、カエタノは見るからにいらだち始めた。彼の忍耐力を試すのは危険な賭けだが、もっとじらしたかった。だから彼女は待った――彼の目がいっそう暗くなるまで。

「きみは危険なゲームを続けたいらしい」しびれを切らしてカエタノがついに口を開いた。

「そうかもね」

カエタノはシャツを脱ぎ捨てた。初めて見る彼の裸の胸と、金色の肌に覆われた筋肉に、マレカは酔いしれた。彼の望むものを与えるために膝を立ててもいいと思うほどに。

彼がベルトに手をかけると、マレカはごくりと喉を鳴らし、知らず知らず唇が半開きになった。彼女のそんな反応に自尊心を満たされたらしく、カエタノがにやりとした。その瞬間、マレカはこのスリリングなゲームに負けるかもしれないと思い、そわそわと身をよじった。

カエタノは荒々しく息を吸いこみ、服を脱ぐのをやめて彼女の膝をつかんだ。そして押し開き、薄いレースで覆われた彼女の秘部を見つめ、スペイン語で何かつぶやいた。

次の瞬間、マレカの知る限り最も威厳のある男が、なんの前触れもなく膝をついた。しかし、彼の威厳が損なわれることはなかった。カエタノは彼女の体をベッドの端まで押し上げ、レースのテディを脇にずらすと、頭を下げて秘めやかな部分に唇を押し当てた。

「ああ……ああ！」マレカは息も絶え絶えに叫び、両手を彼の力強い肩にまわした。

緑色の目が彼女のうねる肌をとらえた。「気持ちいいか、グアパ？」

マレカの指が彼の皮膚に食いこむ。「わかってるくせに……」

カエタノは邪悪な笑い声をたてながらも、舌でマレカを巧みに追いこみ、ついに悲鳴をあげさせた。

人生最高の快楽の高みから下りてきたとき、マレカは彼が覆いかぶさろうと身構えているのに気づくと同時に、彼の激しい視線に動きを封じられた。

「まだ終わったわけじゃないよ」

「だったら、続きをどうぞ」マレカは挑発した。そして、緊張に満ちた次の数秒間に思った。なぜ私はこんなことをしているのだろうと。今夜カエタノにあんなことを言われたのに、そして彼がどれほど簡単に私を傷つけることができるかを知ったのに、なぜ彼をあおっているのだろう？

なぜかマレカは彼に反感を覚えなかった。それどころか魅了されていた。今もカエタノは彼女を見つめている。片時も目を離せないとでもいうように。

どうして？　私のことをもっと探ろうとしているの？　だったら、私もカエタノのことを探る努力をしたらどうかしら。そう思うなり、マレカは彼に言った。「あなたには一つだけ弱点がある」

カエタノの眉が上がった。「なんだって？」

「あなたもただの人間にすぎないことを私は知っている」彼が垣間見せた傷つきやすさをマレカは忘れていなかった。

カエタノはしばらく彼女を見ていた。マレカは頑健な外見の下をのぞいてみたいという欲求に駆られた。何が彼を興奮させ、何が彼を怖がらせ、何が彼を幸せにするのか。マレカは彼の心を知りたいと思っている自分に気づいた。ああ、神様……。

「これはきみにとって信じられないほど人間的なものだったと思わないか？」ぶっきらぼうで、セクシーで、あまりに心を揺さぶる声でカエタノが尋ねた。

そして、目を見開いた彼女が口を開く前に、力強い一突きで熱く湿った彼女の中に押し入った。「答えるんだ、妻よ」

「ええ、ええ、そのとおりよ！」マレカはあえぎながら腰を浮かせ、彼を受け止めた。

カエタノは思わず声をあげた。「よし、いいぞ、もっとだ！」

「そうね、また同じことをしてくれるなら」

彼の顔は緊張してこわばっていたにもかかわらず、歯をむき出しにした凶暴な笑みを浮かべると、再び深く突き刺した。「これがきみの望みか？」

「ええ、そうよ！」押し寄せる快感の波にマレカはもだえた。「お願い、もっと！」

「わかったよ、もっとだな……」

カエタノはさらに熱くセクシーな言葉をささやいたが、マレカは至福のまっただ中にいて、聞き逃した。彼女にわかっていたのは、夫がそれ以上のものを与えてくれたということだけだった。彼の動きが激しくなり、絶頂へと押し上げられていく。彼女は唇を差し出し、かろうじて自分の声だとわかるかすれ声で懇願した。「キスして……」

彼の唇が押し当てられ、舌が入ってくると、マレカは夢中で迎え入れた。欲望の炎を燃え上がらせながらも、マレカは気づいていた。これが終わったら、生まれ変わっているか、むなしさに苛《さいな》まれているか、そのどちらかに違いないことに。いずれにせよ、彼女は魂から放たれたような悲鳴をあげながら至福の世界へ打ち上げられた。そして恍惚感《こうこつかん》に身を委ね、甘い眠りの中に落ちていった。

カエタノは少しばかり睡眠を必要とした。休息をとって頭をはっきりさせ、今しがた起こったことすべてを分析し、見直すために。だが、カエタノはまだ彼女をベッドから出ていかせる心の準備ができていなかった。こうして彼女の寝顔を眺めている間も体はざわつき、心をかき乱されながら、彼は改めて考えていた。僕はマレカ・ディクソンの何に魅了されたのだろうかと。いや、マレカ・フィゲロアだ。

彼は、彼女の豊かなまつげから脈打つ喉元を経てふくよかな胸へと視線を走らせた。それからさらに彼女の指にはまった指輪に目を留めた。

二人が夫婦であることを示す決定的な証拠を見て、素朴な満足感がこみ上げ、カエタノは誓いを新たにした。これを両親のような悲惨な結婚にするつもりはないと。

カエタノは、マレカが彼のことを探ろうとしたとき、はぐらかした。自分の感情的な欠陥を明らかにされたくなかったからだ。それでなくても、彼は今日、両親とのいざこざで自制心を失いかけていた。

感情、意見の相違、必要とされた慰め——そのすべてが彼とマレカをこのベッドへと導いたのだ。救いは、その結果がけっして不愉快なものではなかったことだ。僕も彼女も満足し、波乱に満ちたものになりかけた結婚生活のスタートを軌道修正することに成功したのだ。おそらくは。

僕は早くも自分を正当化しようとしているのか？

カエタノがついたため息が彼女の鼻をかすめた。生まれて初めて、彼は女性を起こして立ち去らせるというういつもの儀式を先延ばしにしたくなった。

その代わり、身じろぎしたマレカのこめかみにそっとキスをした。

二時間後、まだ眠気と闘いながら起きていたときも、カエタノは狂気が消えてないことを認めざるをえなかった。カエタノはこの女性に、当初の予想よりはるかに興味をそそられていた。一筋縄ではいかない反抗心、大胆不敵な態度。さらには、彼を挑発さえした。これほど興味をそそられた女性に出会ったのは初めてだった。

カエタノはマレカのまぶたがぴくぴくするのを見て、思わずキスをした。彼女が目を覚ましても、少しも後悔しなかった。

「すまない。起こしてしまった」

マレカの視線が彼の口元に注がれ、さらに下へと移っていき、彼の欲望のあかしをとらえた。たちまち呼吸が荒くなり、頬が紅潮する。「そうね」彼女はハスキーな声で応じ、ため息をもらした。「そのために起こしたの？」

カエタノは笑いながら、彼女の口元に視線を落とした。「そうだよ、ケリーダ。もう一度だけ。それで終わりだ」

8

マレカは熱いキスを中断して彼を仰向けに押し倒そうとして、失敗した。

すると、カエタノは身を引いて目を見開き、ほほ笑んだ。「どうした？　主導権を握りたいのか？」

先ほど彼を苦しめたセイレーンのような表情とは打って変わって、マレカは緊張した面持ちで唇を噛《か》んだあと、ぎこちなくうなずいて目を伏せた。

その恥ずかしげな表情にさえ、カエタノの下腹部は張りつめた。彼は手際よく体勢を入れ替え、マレカを腿の上に座らせた。そして欲望のあかしで大胆にマレカの芯を刺激すると、彼女の口からあえぎ声がもれた。カエタノは顎を引いて両方の腕を枕の下に滑りこませ、彼女の姿をじっくりと眺めた。

まもなく朝が来て、僕は正気を取り戻すだろう。それまでたっぷりと時間をかけて楽しもう。カエタノは陶然としている妻に声をかけた。「きみが主役だよ、大切な人《テソーロ》。何をぐずぐずしているんだ？」

その大胆な挑発にマレカは顔を赤らめ、自分の一挙手一投足を彼が見ていることに気づいた。

まともに頭が働いていれば、自分のスイートルームに逃げこんでいただろう。そうする代わりにカエタノの胸に爪を立てたマレカは、彼がうめき声をあげて歯を食いしばるのを見て、歓喜に胸を震わせた。

そして、彼が荒々しく悪態をついたとき、マレカは笑いをこらえて腰を揺らした。「私はあなたのお願いをきくべきかしら？」

カエタノの目が細くなり、その指が腿に食いこむと、マレカは息をのんだ。

「僕がきみに慈悲を請うたと思うなんて、とんでもない女だな」

「あら、そうじゃなかったの？」

この女はいったい何者なんだ？　セイレーンさながらにこんな台詞《せりふ》を口にするなんて。

「さもなければ、切望だったの？　追いつめられて自暴自棄になるのがあなたの欠点かもね」

彼女の指摘は彼の硬い笑みに嘲弄された。「少しくらいの自暴自棄はけっして悪徳ではない。僕たちを駆りたてるものを満たす助けになる」

「あなたは満足というものを知らない人だと思うけれど？」

「いとしい人《ケリーダ》、鮫《さめ》が泳ぎをやめないのには理由があるんだよ」

その言葉に込められたかすかな警告がマレカの背筋を凍らせた。「つまり、あなたは追いつめられて窮地に立たされても、そこから這《は》い上《あ》がって目標を貪欲に追い続けながらずっと生きていくつもり？」

カエタノは肩をすくめた。「僕はそうやって成功の果実を手に入れてきた。勝利の方程式を変える理由はどこにもない」

マレカは首を横に振り、体を前方に傾けた。「ビジネスではそうかもしれない。でも、私はそんなことに興味はない。カエタノという男を突き動かしているものは何か、それに興味があるの」

彼が顔を曇らせるのを見て、マレカは書斎で見たカエタノと両親とのやり取りを思い出した。彼が不死身ではないことを。

「その二つの間にほとんど違いはない。僕は僕だ、かわいい人《グアパ》。存在しないものを探そうとするな」

その警告は重々しく、二人を包んでいる熱をいっきに冷ます恐れがあった。それでも、マレカの中にうごめく強い好奇心を溶かすには至らなかった。考え直すべきだと言いたかった。人生には富や経済的な成功を追い求めるよりも大切なものがあるからだ。

でも、とマレカは思った。私は何を知っているのだろう？　私の夢はまだ実現していない。もし、実現したあとで、思い描いていたような充実感が得られなかったら、どうするの？　結局、カエタノにとって私は二番手のままで、誰かの身代わりにすぎないとしたら？

彼が脚の付け根の最も敏感なつぼみを親指でこすったとき、マレカの思考はぴたりと停止した。彼女は息をのみ、彼の胸筋に指を食いこませた。

「我が妻《ミ・エスポーサ》よ、早くしないと、きみが主導権を握るチャンスは消えてしまうよ」

カエタノがまたも警告の言葉を放ちながら彼女の芯を強くこすると、マレカは身を震わせ、もはや何も考えられなくなった。快感が全身に広がり、思わずのけぞる。

明らかに、カエタノは彼女を待つのをやめたのだ。

耐えきれずにマレカは膝を立て、腿の間にある彼の欲望のあかしをつかみ、その上に体を沈めた。


コーヒーの香りで目を覚ましたマレカは、体ががくがくするほどのパニックに襲われて飛び起きた。カエタノがベッドにいないことに安堵《あんど》したのか、それとも動揺したのかわからないまま、あたりを見まわした。そして、時計が目に入ったとたん、ベッドに一人でいる理由がわかった。まもなく午前十時になろうとしていた。

マレカはベッドを出て立ち上がったが、足がおぼつかない。昨夜の出来事にまだ気が動転していた。

私はカエタノとセックスをしたのだ。ボスであり、夫である彼と。契約書に記されていないことをしたからには、契約は無効になるのだろうか？

私が彼に要求したことも？

いったい私はどうなってしまったの？　昨夜の生

意気なセイレーンは朝の光と共に消え、マレカは悔しさと屈辱で、再びパニックに陥った。昨夜、自分がどれほど彼とのセックスに夢中になったか、ありありと思い出したからだ。

マレカはあたりを見まわし、下着が消えていることに気づいた。彼の衣類も見当たらない。

生まれたままの姿でバスルームだろうと見当をつけた部屋に向かった。しかし、そこは彼女のロンドンのアパートメント全体よりも広いドレッシングルームで、片側には完璧なオーダーメイドのスーツやシャツがずらりと並び、反対側にはカジュアルな服が積まれていた。けれど、今マレカが必要としているバスタオルやドレッシングガウンはなかった。

しかたなくマレカは近くにあった白いコットンシャツを手に取った。長袖で、シルクのような肌触りだ。そのシャツがカエタノの体を包んでいたときのことを想像すると、背筋がぞくぞくした。

ドレッシングルームを出たとき、くだんの男性がテラスから部屋に入ってきた。彼はマレカを見て固まったが、緑色の目は彼女の体を隈《くま》なく観察していた。そして、むき出しの脚にしばし目を留めてから、彼女と視線を合わせた。

「目が覚めたようだな」

とたんに、彼がゆうべ同じような言葉をかけたことと、そのあとで起きた出来事を思い出し、マレカは頬がかっと熱くなるのを感じた。心臓が早鐘を打ちだし、脚の付け根にうずきが生じる。

「もっと早く起こしてくれればよかったのに」

「うむ、そうかもしれない」カエタノはつぶやきながら彼女に近づき、腕二本分の距離で足を止めた。

マレカの中で混乱と失望が交錯した。彼は私をベッドに置き去りにし、今は近寄るのをためらっている。もちろん、私は一夜限りの関係で終わらせるつもりだ。なのに、彼も同じことを望んでいるとわかったとたん、どうして傷つくの？

数えるほどしか経験はないが、男性とベッドを共にした翌朝に気まずい思いをしたのはこれが初めてだった。でも、大丈夫、とマレカは自分に言い聞かせた。私はきっとこれを乗り越えることができる。

「さあ、朝食か待っている。おいで」

けれど、マレカは彼のあとを追わなかった。今にも膀胱《ぼうこう》が破裂しそうだったからだ。「あの……バスルームはどこかしら？」

カエタノは少し先のドアを顎で示した。「そこだよ。すんだら、テラスにおいで」

彼女はうなずき、急ぎ足でバスルームを目指した。

数分後、マレカは鏡の前に立ち、手首に冷たい水を当てながら気持ちを落ち着かせようとしていた。鏡に映った自分の顔を見て打ちのめされたのだ。髪は乱れ、唇は赤く腫れあがっている。こんな顔で再び彼の前に出ると思うと、ぞっとした。

とはいえ、いつまでも閉じこもっているわけにはいかない。彼女はため息をついて水を止め、バスルームを出た。

広い寝室を横切る途中、マレカはカエタノの声を聞いた。緊迫した会話がスペイン語で交わされている。相手はアルゼンチン人ＰＡらしい。挙式の翌朝だというのに、自分がないがしろにされている気がして、失望を覚えた。

自分の身に起きていることを受け入れながらも、テラスに通じるドアに向かうマレカの足どりはおぼつかなかった。彼女は嫉妬していた。カエタノの初恋の相手に対して。

マレカは深呼吸をして気持ちを落ち着かせ、無理やり足を動かした。

しかし、裸の上半身を陽光にさらし、携帯電話を耳に当てているカエタノの姿を見るなり、マレカは再びためらった。そのとき彼が振り返り、電話を切る前に声を荒らげているのを聞いて、息をするのもままならなくなった。

マレカに気づいて目を細くしたカエタノは、またも彼女の手の届かないところにいた。

彼のいぶかしげな視線に耐えられなくなり、マレカは顎をぐいと上げた。「そんなふうにじろじろ見ないで」

カエタノは顔をこわばらせ、彼女の肩越しにしわくちゃのベッドを見やった。「きみが目を覚ましたのは、きみが望んだ僕のベッドの上だ。だから、きみに文句を言う資格はない」

熱といらだちが彼女の中で渦を巻いた。「なんですって？」

カエタノはすぐに答えず、陽光が降り注ぐテラスの隅に向かって歩きだした。そして、椅子を引いてその背もたれに手を置くと、彼女に向かって眉をひそめた。「何か不満があるようだな？」

マレカは顔をしかめた。彼女は自分がこんなにも胸中を読まれやすい人間だとは思っていなかった。なぜなら、彼女の視線が無意識のうちに彼の手の中にある電話に落ちた瞬間、無表情だった彼の顔に冷笑が浮かんだからだ。

「ああ、そうか」カエタノは座るよう彼女を促しながら言った。そして、マレカがしぶしぶ席に着くと、身を乗り出して彼女の耳元にささやいた。「なるほど、嫉妬しているわけか。そうだろう？」

マレカは身を硬くした。「何を言っているのかわからないわ」

カエタノは携帯電話をテーブルの上に放り投げ、自分の席に戻ると、カフェオレのポットに手を伸ばし、まるで何事もなかったかのように平然と彼女のカップについだ。そう、彼にとってはなんでもないことなのだろう。結局のところ、私は勝手な思いこみで気分を害しているだけなのだ。

「カエタノ、私は――」

彼は手を上げて制した。「僕は、僕たちの合意のちょっとした変更を促した。そして今、きみは新たな要求をするためにドアが開かれていると感じているのか？」

マレカはあきれながらも、カエタノの鋭利な目と向き合うために、屈託のない笑顔を向けた。「次のビジネス――血湧き肉躍る交渉のために生きている人が、そう感じるのは理解できる。だけど、私の場合、これ以上の問題は起きないから安心してちょうだい」

彼の目に燃え上がった驚きの炎は、皮肉と疑念によってすぐにかき消された。「マレカ、僕が駆け引きを好まないことは、きみもわかっているはずだ」

「私だって同じよ。セックスをしたからといって、私が高尚な要求をするとでも？　昨日のことは大したことじゃないから、忘れて。私たちは今後、最初の契約どおりの結婚生活を送るべきよ」

彼女が話している間、カエタノは身じろぎもしなかったが、今、彼の顎は鋭さを増し、忌まわしい輝きが彼の目を妖しく美しく、そして危険なものに変えていた。

「本気か？」

「どうして本気じゃないと思うの？」彼女は言い返した。幸い、声は落ち着いていた。「カエタノ、あなたはベッドを共にした翌朝、女性にうっとりとした目で見られ、次の逢瀬《おうせ》を懇願されるのに慣れている。でも、私たちの間では、そんなことはけっして起こらない。ありがたいことに」

そのとき携帯電話が鳴り響いたが、カエタノは出ようとしなかった。

「出ないの？」

彼の顎が引き締まった。「ああ、かまわない」

マレカは目をそらし、スクランブルエッグとクロワッサン、そして小さなボウルに入ったフルーツを食べ始めた。「遠慮は無用よ」

するとカエタノは電光石火の速さで着信拒否ボタンを押し、携帯電話を投げ捨てた。

「なぜそんなまねをするの？」彼女はメロンにフォークを刺しながら冷静に尋ねた。

「両親とは話したくないからだ。特に今日は。それに、僕たちは話し合いの真っ最中だ」

彼の声に鋭さが戻っていた。昨夜の出来事や親子関係という不穏な話題以外のことを話し合っていたなら、マレカはおもしろがっていただろう。しかし彼女は今、人生で最も記憶に残る一夜について無関心なふりをして一世一代の芝居を演じていた。

「そうなの？　もう終わったと思ったのに……」

「いいや。きみは昨夜の出来事は大したことではなかったと言った。だがあいにく、僕はそうじゃないことを知っている。きみの未熟さがそれを物語っている」

メロンを口に入れていたマレカは咳《せ》きこみ、危うく窒息しそうになった。すかさずカエタノがグラスに水をついで彼女の前に置いたが、彼が笑いをこらえて唇を震わせているのを見て、手を伸ばせなかった。そして、にらみつけようとしたが、思うに任せなかった。「どういう意味？」

「ゆうべ、きみとベッドを共にする前から、きみが男性とつき合ったのは二回しかないことを僕は知っていた」

「なぜ？　私のことを調べたの？」

「驚いたのか？　少し前までビジネスにおける僕の洞察力を褒めていなかったか？」

「でも、それは……」

彼女が言いよどむと、カエタノは眉をひそめて先を促した。「なんだ？」

食欲が失《う》せ、マレカはフォークを置いた。「あなたの言うとおり、私はあまり経験がない。だから、昨夜のようなことを繰り返したくないの」その言葉に抗議するかのように、彼女の体のあちこちがうずいた。

〝僕は彼女を愛していないし、彼女のことをほとんど知らないかもしれない。だが、僕はあなたと違って、自分の生得権を確保するために、気まぐれな感情に煩わされるつもりはない〟

マレカは彼の辛辣な言葉を思い起こした。昨夜のセックスがどんなに魅力的であったとしても、それ以上に自分の価値を大切にするべきだ――そのことを肝に銘じるために。

「きみは昨夜、僕を求めた。そして、今もまだ僕を求めている」

マレカは息をのんだ。彼の声ににじむ揺るぎない確信は彼女の心を強烈に揺さぶった。彼女は必死の思いで首を横に振った。「おさらいは必要ないの」

「なぜだ、グアパ？　きみの中に僕がいるのを、きみはまだ感じているのに。そうだろう？」

マレカはテーブルの縁をぎゅっと握った。「あの……つかの間の戯《たわむ》れ合《あ》いを二度と起こさないことが、私にとってはもちろん、あなたにとってもいいことなのかもしれないって、考えたことはない？」

彼が眉根を寄せるのを見て、彼女は言葉を継いだ。

「あなたはたしか、私があなたへの思いを募らせるような間違いは犯すべきでないと言ったわよね？」

カエタノは何も言わなかった。

「でも、的外れもいいところよ。あなたは自分の魅力に屈しない女性はいないと思っているようだから、昨夜の出来事なんて簡単に片づけてしまえるでしょうに、なぜわざわざあんな警告をしたのかしら？」

「では、昨夜の出来事はなんだったと？」

「結婚式の夜の狂気とか？　あるいは、ただ体のうずきを静めるための触れ合い？　いずれにせよ、私たちは二人とも大人なのだから、それがなんだったか定義する必要なんてないわ」

カエタノは唇を引き結び、数秒間テラスの向こうを見たあと、彼女に視線を戻した。「本当にそう思うのか？　自分の本当の気持ちを認める準備ができるまでの、その場しのぎの言い訳じゃないのか？」

マレカは、平静を装うのが限界に近づきつつあることを悟り、立ち上がってナプキンをたたんでテーブルの上に置いた。「ええ、私は本当にそう思っているの」

ありがたいことに彼の携帯電話がまた鳴り始めた。カエタノは悪態をついた。

「ご両親なら、出るべきよ。それともビジネス？ハネムーン中であることを知らせなかったの？」

「きみは僕のＰＡの一人だ。僕の勤務時間に制約がないことは知っているだろう。一時的な結婚でそれが変わることはない」


電話が鳴り続けている間にも、二人の結婚の冷酷な現実を突きつけられ、マレカは胸を締めつけられた。「わかったわ。では、仕事の話はおしまい」

マレカは無事に出られるよう祈りながら、フレンチドアに向かった。足どりが少し乱れたのは、電話に出るためにカエタノが椅子を引いたときだった。

マレカは、その直後に彼が〝シ？〟と吐き捨てるように言うのを聞き、これで安心だわ、と自分に言い聞かせた。

しかし、聖域である自分の部屋に戻り、彼のシャツを脱いで清掃済みのバスルームに入ったあとも、一心に肌をごしごしこすったあとも、昨夜の淫らな記憶が薄れることはなかった。

息をのむほどゴージャスな新しいワードローブから、マレカはホルターネックの軽やかなマキシドレスを選んだ。ノースリーブで背中のないデザインは涼しくて快適だ。モスグリーンのドレスを選んだのは、カエタノの瞳を思い出したからではない――けっして。髪を緩いポニーテールに結ってから、彼女は日焼け止めローションを手と脚と顔に塗り、仕上げに無色のリップグロスを塗った。

そして、ベッドに置いたカエタノのシャツを手に取った。昨夜の記憶を消し去ることはできなかったが、目に見える思い出は消す必要があった。

しかし、カエタノの部屋に近づくにつれ、マレカはためらった。シャツはメイドの誰かに渡したほうがいいんじゃない？　ああ、こんな簡単なことで顔がほてるなんて、どうすればいいの？　あまりにも情けない。彼女は唇を噛みしめながら、どうにか彼の部屋にたどり着き、ドアをノックした。一分ほど待ったものの、応答がないので、マレカはノブをまわした。まだテラスにいるのなら、おそらく声をかけても聞こえないだろう。

部屋は無人だった。テラスからも物音は聞こえてこない。結婚式の翌日なのに、カエタノはもう書斎にこもって仕事を始めているの？

私は彼が変わることを望んでいたのだろうか？自分の読みの甘さにかぶりを振りながらドレッシングに足を向けたとき、背後に人の気配を感じてマレカは振り向いた。「まあ……」

彼もマレカを見て凍りついた。バスルームから出てきたところで、身につけているのは腰に巻いたバスタオルだけだった。

「どうした？」彼女が答えないので、カエタノの視線は彼女が手にしているシャツに注がれた。「何をしている？」

彼の首から下に目が行かないよう、マレカは意志の力を総動員した。「シャツを返しに来たの」ようやく答えた彼女の手は高価なコットンシャツを強く握りしめていた。まるで手放したくないかのように。

カエタノの目が陰りを帯びた。「そのままきみが持っていてかまわない」

「どうして？　もう必要ないわ」

カエタノは鼻を鳴らした。「あと三ダースはあるから別に困らないし、きみが身につけたものだからといって、そのシャツを特別扱いするのは避けたいんだ」乾いた口調で言う。

その返答はマレカの血を騒がせ、顔をほてらせた。ふいにカエタノが距離をつめ、人差し指一本で彼女の顎を持ち上げ、顔を上向かせた。「きみと議論するのは気が進まない、グアパ。僕はきみと過ごすためだけに休みを取ったんだ」

「冗談でしょう？」

彼の口が皮肉っぽくゆがんだ。「ショックを受けたようだな」

マレカの裏切り者の心はめまいのするような喜びに跳ねた。「そんなことしなくてもいいのに」

「もう決めたことだ」カエタノはぶっきらぼうに言い、彼女のドレスに視線を注いだ。「せっかくのすてきなドレスだが、着替える必要があるな」

「どうして？　何をするつもり？」

「乗馬だ。しばらく乗っていないから、僕を恋しがっている馬が何頭か厩舎《きゅうしゃ》にいるんだ。きみは乗馬の経験はあるのか？」

ほんの少しマレカの気持ちは和んだ。「十代の頃にレッスンを受けたことがあるわ」彼女の両親は馬好きの学者と親交があり、それが縁で、ある夏、マレカはその学者の十代の娘と仲よくなり、乗馬のレッスンを一緒に受けたのだ。

「だったら、まったくの素人ではないわけだ。十分後に一階の玄関ホールで会おう」

9

どうしたらいいのだろう？　マレカは迷った。

彼女もカエタノもアルゼンチンにいるので、すべての仕事はオクタヴィア・モレノの管轄下にある。マレカがいちばん避けたいのは、彼女と衝突することだった。外での活動ならその心配はないし、気晴らしにもうってつけだ。それに、仕事中毒《ワーカホリック》のカエタノが休暇を取ったのなら……。

言い訳を連ねるマレカをあざ笑う心の声を無視して、彼女は自室に戻ってドレッシングルームに足を踏み入れた。ワードローブにはジョッパーズとそれに合うトップスが五セット入っている。またもあがった嘲笑に耳を貸さず、マレカは緑色のセットに手を伸ばした。

五分以上の余裕を持って着替えをすませると、マレカは床から彼のシャツを拾い上げて丸め、下着の入った引き出しに押しこんだ――人目につかないように。

一階に下りたマレカは、好奇心もあらわなスタッフと挨拶を交わしながら、リビングルームに向かった。そこは、記憶にある以上にすばらしかった。壮大な暖炉の上に飾られている見事な絵画に、すぐさま目を引かれた。そこから部屋全体に視線を移すと、現代的な家具と絨毯《じゅうたん》が、カエタノを体現するかのように、快適さと品のよい豪華さを醸し出していた。

マレカがふかふかのソファに腰を下ろしたとき、カエタノが姿を現した。彼女は座っていてよかったと思った。彼のすばらしさに圧倒されたからだ。

真っ白な乗馬服に黒いベルト、そして磨きあげられた黒いブーツ。ポロシャツが彼の肩幅を強調し、ズボンは引き締まったヒップを引きたてている。マレカは喉がからからになり、指でとかしただけの湿った髪をかき分けたい衝動に駆られた。カエタノが目の前で立ち止まると、彼女は必死に体の反応を抑えた。

「まずは……」カエタノが言った。

それだけで心臓が跳ねたが、彼はマレカの手に巻かれた包帯に触れただけだった。

「具合はどうだ？」

「ああ……大丈夫よ。少し違和感があるくらい」

カエタノはうなずき、いつの間にか現れた執事が差し出す救急箱を見やった。五分後、包帯の交換が終わり、マレカは夫の優しさと気遣いに感激し、彼は冷酷な人物ではないと確信した。

自分の思いこみが間違っていたことを痛感し、外で待機していた電動バギーの前まで来たときも、マレカは動揺していた。なぜなら、自分の中に居座る誰かにかまってほしいという願望が頭をもたげ始めたことに気づいたからだ。カエタノにそれを望むのは無謀だと知っていたにもかかわらず。

「どうした？　大丈夫か？」

「ええ、もちろん」マレカは驚き、すぐにきき返した。「なぜそんなことをきくの？」

「浮かない顔をして、物思いにふけっているように見えたからだ。手の具合がよくないのか？　僕の手当てに問題があったのか？」

またも気遣われ、マレカは胸がときめいた。その恐ろしい感覚を払拭するため、彼女は大きくかぶりを振った。「いいえ、大丈夫よ。なんでもないわ」

彼の視線はしばらく彼女の顔にとどまったが、やがて彼らが目指す小高い丘に向けられた。

カエタノの領地は広大で、はるか遠くに建物が連なっているのが見えた。十分ほど電動バギーで進んだあと、独特の匂いが漂ってきて、彼は大きな納屋のような建物の前に車を止めた。

敬意のこもった笑顔で出迎えた厩務員《きゅうむいん》たちは、マレカを不思議そうに見つめている。胡麻塩《ごましお》頭の年配の男性が進み出て、カエタノと握手を交わした。

「こちらはアンドレス。厩舎《きゅうしゃ》の責任者だ」カエタノはマレカにその人物を引き合わせた。

年配の男性は小さな笑みを浮かべ、しわがれた声で言った。「ようこそ《ビエンヴェニーダ》、セニョーラ」

マレカは彼と握手をした。「ありがとう《グラシアス》」

スペイン語で応じると、カエタノの目がきらきら輝いた。この温かな感覚に溺れすぎてはいけないと自戒する間もなく、彼はマレカの腰に手を添えて厩舎へと案内した。ここは公の場だからよ。そう自分に言い聞かせながらも、彼女は彼の手の感触に胸を高鳴らせた。

厩舎の奥へと進むにつれ、カエタノの手が下がってきてヒップを軽くすくい上げると、マレカは思わず息をのんだ。その手が離れたとき、彼女は思わずあえぎ声をもらした。

カエタノが半ドアの前で立ち止まったときも、マレカは気もそぞろで、彼が何を言ったのか聞き取れなかった。それでも大まかな内容は理解できた。

光沢のあるキャラメルゴールドの毛並みとチョコレートブラウンの瞳を持つその見事な馬は、近づくマレカをじっと見つめ、すぐそばまで来ると彼女を鼻で小突いた。すると、カエタノが彼女にリンゴを差し出した。マレカがそれを受け取って馬に与えると、馬はまた彼女を小突いた。

「この牝馬《ひんば》はうちの厩舎の中ではいちばん穏やかだが、なかなか要求も強いんだ」カエタノが言った。

「きれいな馬ね。名前は？」

「キャラメロ。見た目はちょっと派手だが、きみに合うと思う。どうかな《シ》？」

美しい馬の額をいとしげに撫《な》でるカエタノの甘美

な笑顔から目をそらすのは容易ではなかった。一分ほどキャラメロに何かつぶやいたあとで、彼はマレカのほうに顔を向けた。

「準備はできたか？」

彼女は深く息を吸いこんだ。「ええ、いつでも」

カエタノがうなずくと、アンドレスはドアを開けて牝馬を外に連れ出した。その一分後、カエタノが乗る黒い牡馬《ぼば》が連れ出された。

二頭の力強い生き物――カエタノと牡馬の様子を見ていると、まるで覇権争いをしているように見えた。もちろん、勝ったのはカエタノだ。彼は優雅でしなやかな動作で鞍《くら》にまたがり、マレカの胸を欲望に震わせた。彼女もアンドレスの手を借りて鞍にまたがり、慎重に馬を走らせた。ありがたいことに三分ほどでかつての乗馬の感覚を取り戻した。

低い丘を二つ越えると、目の前に広大な敷地が現れた。そびえ立つ糸杉の木に視界を遮られるまで、二人は快い沈黙のうちに、十五分間走り続けた。

「美しい場所ね」マレカはつぶやいた。

「ああ《シ》」カエタノは息をついた。「ときどき忘れてしまう」

マレカは彼の顔をちらりと見た。そこに郷愁のようなものを認め、彼女は驚いた。「自分が楽しむために休暇を取ることはめったにないから？」そして、夫が休暇を取ったのはこのすばらしい景色を楽しむためだったに違いない、と彼女は思った。「私たちは今、非日常的な世界にいるのね」

カエタノは肩をすくめた。「だが、すぐにいつもの世界に戻るだろう」

彼の声は確信に満ちているように聞こえたが、それはマレカの中に不協和音を引き起こし、再び彼に挑みたいという欲求が頭をもたげた。

彼女の胸中を読んだのか、カエタノの口の端がぴくりと動いた。「火花が見えるよ、かわいい人《グアパ》？」

マレカは決然と首を横に振った。「いいえ、そんなことないわ。あなたと意見を闘わせるのに時間を費やしてこのすてきな一日を台なしにするのはやめようと決めたの」

彼の反応が怖かったが、杞憂《きゆう》に終わった。夫が肩をすくめてこう言ったからだ。「賢明な決断だ」

カエタノは休みを取った。

その事実に彼は我ながら衝撃を受けていた。オクタヴィアも同じようにショックを受けた。カエタノが二十四時間以内のすべての予定をキャンセルするという前代未聞の指示を出したからだ。オクタヴィアといえど、世界が火の海にならない限り連絡をよこすなという指示と共に。

それは、業務の一時的な停滞だけでなく、両親が息子に連絡を取るのも不可能になったことを意味していた。そのことが、カエタノに予期せぬ安堵《あんど》をもたらした。なぜなら、彼らが今日がどういう日か両親が覚えているかどうかを気にする必要がなくなったからだ。彼らは過去にあまりにも多くの大切な日を忘れるという過ちを犯していた。

カエタノは携帯電話の電源を切り、バスルームに入った。そして、理性が戻るのを期待して冷たいシャワーを浴びた。息をするたびに彼女の香りを追い求め、肌に水が当たるたびに彼女の感触を求める気持ちを洗い流したかった。だが、なんの効果もなく、彼女への欲望は募るばかりだった。

彼はこれまで、何かや誰かに依存したことは一度もなかったが、今朝バスルームから出たとき、ことマレカに関しては、無視できない感情が芽生えているのではないかと不安に駆られた。

その不安は今、松の香りと遠くのグリル《バリヤ》から漂ってくる燻製肉《くんせいにく》の匂いに少し和らいだが、それでも見事に牝馬を乗りこなす女性から目を離せなかった。

揺らめくポニーテールやヒップの曲線に目が釘《くぎ》づけになると、不安がよみがえり、彼を当惑させた。まったく、彼女のすべてが僕の注意を引きつけているようだ。昨夜の再現の可能性をマレカが否定したことも含めて。

それは、マレカが僕のベッドで満足感を得られなかったからではない。彼女は快感の叫びをあげたり、僕の肌に爪を食いこませたり……そう、自由奔放な反応を示し、僕を求めたのだから。そのことを思い出すだけで、下腹部が張りつめた。

いつから僕は自分を制御できなくなったんだ？

カエタノは舌打ちをし、彼女の馬に合わせてスピードを上げた。「楽しんでいるか？」

マレカが顔を赤らめるのを見て、彼の中で奇妙な満足感が湧き起こった。

彼女がほほ笑みながらキャラメロの首筋を撫でると、カエタノは嫉妬に似た不条理な感情に襲われた。同じ手つきで僕にも触れてほしい。きみに一日を捧《ささ》げたのだから、僕にはその権利がある――そう言いたかった。だが、彼は唇を噛《か》みしめ、ぐっとこらえた。利己的な両親の結婚という修羅場で踏みにじられたくなければ、早く大人になる必要があると気づいて以来、彼は自制心を育んできた。

「いつも空気はこんな匂いなの？」

彼女に問いかけられ、カエタノは手綱を握りしめた。子供の頃のつらい記憶を締め出すために。「常緑樹の森の中にいるのに、バーベキューにそそられるような匂いのことか？」

マレカの口から笑いがこぼれた。その朗らかな笑い声は彼の琴線に触れた。

「ええ、すごく魅力的な匂い。でも、おなかがすいているときは困りものね」

彼は眉根を寄せた。言い合いで朝食が中断され、彼女がほとんど何も食べていないことを思い出したからだ。「空腹なのか？」

マレカは肩をすくめた。「大丈夫、お昼まで待てるから」

だが、その返答は意味をなさなかった。というのも、彼女が言い終えるより早く、カエタノが柵を修理している作業員に声をかけ、手招きしたからだ。駆けつけた若者にカエタノが何か言うと、若者は急いで立ち去った。

「彼になんて言ったの？」

「妻のおなかを満たすために何か食べ物を持ってくるようにと言ったんだ」

マレカは頬を染めた。「そんなことしなくてもいいのに……」

「僕たちは一時間後にピクニックをする予定になっていたから、それを前倒ししただけさ」

そのあとの三十分間、マレカは彼との触れ合いが自分にとって重要な意味を持つようになったことへの怒りと傷心に胸を引き裂かれていた。なぜなら、彼女のことをこれほどまでに気にかけてくれた人はカエタノが初めてだったからだ。

「マレカ？」

彼女は弾《はじ》かれたように馬上で腰を浮かせた。彼が下馬してこちらを見つめている。「はい？」

カエタノは手綱を近くの木の枝に結びつけてから、彼女にゆっくりと近づいた。「ここで休むと言ったんだ」

「ああ……はい。了解よ」

カエタノはしばらく彼女を見ていたが、ふいに腕を振り上げた。マレカの心臓が喉元までせり上がった。こんな調子では、カエタノ・フィゲロア夫人としての初日が終わる前に、神経が擦り切れてしまう。自力で下馬できるかどうか判断するために、彼女は地面に目をやった。

「きみは手に怪我《けが》をしたばかりだ」カエタノは不機嫌そうに忠告した。「無茶はやめるんだ」

マレカは唇を噛み、彼の肩に手を置いて馬から滑り下りた。予想どおり、彼の香りが襲ってきたので、マレカは深呼吸する前に顔をそむけ、景色を眺めるふりをした。

カエタノはキャラメロの手綱を木の枝に結んだあと、動揺しているマレカにはいささか近すぎる場所に立った。彼女は気を紛らすために、最初に頭に浮かんだ言葉を口にした。「ここは、ご家族が何世代にもわたって住み続けるような土地に見えるけれど、あなたはここで育ったの？」

「まあね」カエタノは肩をすくめた。「ここは祖父の家だった。事情の許す限り、僕はここで祖父と過ごそうと努めた」

「事情って……ご両親のこと？」

彼の横顔が険しくなった。「両親のことはあまり話したくない」

「でも、今日は特別だということで同意したんじゃなかった？」

マレカをじっと見つめる目は、彼女の反応を真摯に吟味しているかのようだった。そう思うと、心が温かくなったものの、沈黙が長びくにつれて独りよがりだったらしいと思い直し始めた。結局、波乱に富んでいたに違いない子供時代についてカエタノが語ることはなかった。

しばらくして彼は口を開いたが、電動エンジンの穏やかな音が聞こえてくると、すぐ口を閉じた。

先ほどカエタノが見送った若者がバギーに乗って向かってくる。荷台には大きなピクニックバスケットなどが積まれていた。カエタノが右を指差すと、若者はそれに従ってバギーを森の奥へと走らせた。

「おいで、グアパ。食事にしよう」

彼の顔に温かみが戻ってきた。

五分後、木立に囲まれた平地に出ると、マレカは歓声をあげた。真ん中を浅い小川が流れ、その両岸は芝生に覆われている。そこにピクニック用の大きなブランケットが敷かれ、その上に色とりどりのクッションが置かれていた。夫の配慮に、彼女は胸を熱くした。

カエタノに腕をつかまれてブランケットのところまで連れていかれ、マレカは端に腰を下ろした。彼はもう一方の端に座った。沈黙が続いても気にならず、マレカはおいしそうなグリル肉のスライスに食欲をそそる香りが立ちのぼるチミチュリ、そして温かなパンを皿に盛った。

彼は時おり体をこわばらせ、遠くを眺めていた。何を考えているのか尋ねたかったが、マレカはなんとかこらえた。私には関係のないことだから……。それに、結婚式の翌日の過ごし方としては完璧なこの日を台なしにしたくなかった。

「この場所は、家で問題が生じたときの僕の逃げ場だった」

突然の彼の告白にマレカは驚き、心臓が大きく打った。「ご両親に折檻《せっかん》されたとか？」

カエタノはすぐに首を横に振った。「僕が何かされたわけじゃない」彼は殺伐とした表情を浮かべ、唇をゆがめた。「僕がまだ幼い頃から、父と母は息子のことはそっちのけで、いがみ合うのに忙しかった。祖父は、どんな結婚も、意見の相違はいずれ解決し、夫婦はおさまるべきところにおさまると固く信じていた」顎が引き締まり、すぐに緩む。「しかし、かなり時間がたってから祖父はようやく気づいた。息子夫婦はけっしてそうはならないと。同時に、息子――僕の父に会社を継がせることはできないと悟った」

「そして、孫への悪影響を無視し続けることはできないと思ったのね？」

彼は驚きの表情を浮かべた。

マレカは肩をすくめた。「そんなに驚かないで。第三者の立場に立てば、物事がどうあるべきかに気づくことがあるものよ。それがよいことであれば、自分の中に取り入れようとするし、そうでなければ他山の石とする。いずれにせよ、それなりの経験を積めば、何かしら学べると思う」

カエタノは彼女の言葉を噛みしめるかのように、唇を引き結んだ。「僕が多感な年頃を過ぎてから、祖父は自分とのつながりを深めることで、僕のものの見方や感じ方を変えられるかもしれないと考えるようになった」

マレカの心臓が跳ね、未知の締めつけが彼女のうなじを襲った。「その言い方は……」

「そう、祖父は失敗した」

彼女はぎこちなくうなずいた。「そうなの？」

彼の口の端がゆがんだ。「祖父は彼自身の結婚が完璧なものでなかったことに気づいていなかったんだ。祖父と祖母は、ただ僕の両親よりはうまく対処していたにすぎなかった」

「それって、まるであなたが完璧な結婚をするための秘訣《ひけつ》を知っているように聞こえるわ」

「そのとおり。つまり、完璧な結婚が可能だという信念を捨てればいい。あるいは生涯結婚しないか」

氷のように冷たい感覚が、マレカの最後のぬくもりを凍りつかせた。今朝と同じく、衝撃的な速さで食欲がなくなっていく。「つまり、すべてを手に入れることができないなら、何も持つべきでない――それこそが解決策ということね？」彼がたどり着いた暗い結論にショックを受けたものの、探りを入れるのをやめられなかった。「子供はどうするの？これまで築いたものを子孫に残すの？　それとも、ビジネスにおけるあなたの野心はすべて自己満足のため？」

カエタノの目に緑色の炎が燃え立った。どうやらマレカの問いは彼の神経を逆撫でしたらしい。

「僕は幸運にも、偉大な技術革新の時代に生きている。もし僕が子孫を残したいと思っても、必ずしも結婚という枠で考える必要はない」

この場から、彼の暗示したことから逃れたいという衝動を抑えられず、マレカは立ち上がった。そして、張りつめた沈黙の中、背中に彼の視線を感じつつ小川のほとりまで歩いた。

太陽は空のいちばん高いところにあり、容赦なく地上に照りつけている。気まぐれにマレカは乗馬ブーツを脱いだ。ジョッパーズは少しきつかったが、なんとか膝まで引き上げることができ、彼女は素足で浅瀬に足を踏み入れた。

「マレカ、気をつけて。川底は――」

彼女は飛び上がった。彼がこんなに近くにいるとは思わなかったのだ。振り向いたとたん、ぬるぬるした石に足を取られ、マレカは腕をばたばたさせて悲鳴をあげながら水中に倒れこんだ。水しぶきが盛大に上がった数秒後、がっしりした手が彼女の腰をつかんですくい上げた。

マレカは咳《せ》きこみながら彼に岸へと運ばれるまで顔を伏せて彼の肩につかまっていた。恥ずかしくてたまらなかったから。

カエタノが彼女を立たせたときには、二人ともずぶ濡《ぬ》れだった。彼の白いシャツは体に張りつき、引き締まったシックスパックが透けて見えた。

とたんに口の中がからからに乾き、マレカはたくましい肩をぎゅっとつかみ、彼の体を探りたいという狂おしい欲求を抑えこんだ。

ばかなことをしてしまう前にカエタノから離れようと、マレカはよろめきながらブランケットのところに戻った。べたつく衣類が気持ち悪く、トップスをむしり取る。そして、余分なブランケットを見つけると、歯を食いしばってそれを引き寄せた。

　そのとき背後で鋭く息を吸う音が聞こえ、マレカはさっと振り向いた。カエタノの目は彼女の肌に釘づけになり、欲望にくすぶっていた。

「昨夜のようなことはもう二度と起こらないと宣言しながら、僕の前で服を脱ぐというのはどういう了見だ？」カエタノは嘲るように言い、ポロシャツを脱いで投げ捨てた。「しかも僕の誕生日に」

　マレカは息をのみ、目を見開いた。「今日はあなたの誕生日なの？」

「そうだ《シ》」カエタノは一語で答え、彼女の目を凝視した。

　マレカは彼の顔を観察し、以前の会話を思い起こしながら尋ねた。彼のことをより深く知りたい一心で。「じゃあ、先だって、両親とは話したくない、特に今日は、と言ったのは……」

「息子の誕生日を祝おうともせず、ただ金をせびりに来る両親とは関わりたくなかったからだ」

　よく考えもせずにマレカは彼に近づき、体温が感じるほどの至近距離で足を止めた。彼に触れないほうが身のためだ。「ごめんなさい」

　カエタノは一瞬硬直したあとでわずかにうなずき、ぶっきらぼうに言った。「ありがとう《グラシアス》」

　彼の裸の胸が上下し、二人が半裸に近い状態であることをマレカに思い知らせた。彼の貪るような視線を感じ、頬を紅潮させる。彼女の心の一部は、以前のような冷ややかさが二人の間に戻ってくるよう願っていた。なぜなら、そんなふうに彼に見つめられると、また愚かな期待を抱いてしまいそうで怖かったからだ。

　だが、カエタノは彼女に向かって歩き、折りたたまれていたブランケットに手を伸ばし、それを広げた。たちまちマレカの中に興奮が湧き起こり、彼の鮮やかなブロンズ色の肌に目を奪われた。ああ、彼の肌についている水滴を舐《な》め取《と》りたい――そんな衝動に襲われ、口の中に唾がたまっていった。

カエタノの手でブランケットを体に巻きつけられると、マレカはうめき声をあげた。カエタノは彼女を、脚が触れ合いそうなところまで引き寄せた。

彼の視線がマレカの顔から離れ、胸元と胸を覆っているシャムロックグリーンのサテンとレースの切れ端に、さらに同色のショーツに注がれた。

「まだ脱ぐものがあるよ」カエタノが荒々しい声で指摘する。

欲望に火がついたものの、マレカはなんとか声を絞り出した。「そうかしら?」

「全部脱いだほうが早く乾く」

マレカは彼の濡《ぬ》れそぼったボクサーショーツをちらりと見て眉を上げた。すると、カエタノはあまりにもセクシーな笑みを浮かべ、ボクサーショーツをいっきに脱いだ。

臆面もなく飛び出した太くて大きな欲望のあかしに、マレカは息をのんだ。視線をカエタノの顔に移すと、今度は挑むような大胆不敵な笑みを浮かべて彼女を挑発した。危険なゲームにあっという間に引きずりこまれたことを嘆きながら、マレカは背中に手をまわし、ブラジャーの留め金を外して脇に放った。続いて、彼の貪るような視線に酔いしれながらショーツを脱ぎ捨てる。

二つの貪欲な唇と四本の貪欲な手が快楽を追い求め、二人は息つく暇もなく、互いの体を貪り合った。

呼吸を整えるためにいったん離れると、カエタノは額をこすり合わせた。「さて、どうする?」

マレカはあえいだ。「どうするって?」

「きみは僕から正気を奪い取る。それも頻繁に」

「私のせいにするの?」

カエタノの自嘲気味の笑いが彼女の胸を締めつけた。「きみのせいにするなんて、太陽が昇るのを責めるのと同じくらい無駄なことだ。いとしい人《ケリーダ》、これは僕の問題だ。きみを理解できなかった僕自身を責めているんだ」

　どう応じればいいかわからず、マレカはただ彼の張りつめた欲望のあかしに手を伸ばし、彼に太いうめき声をあげさせた。お返しとばかりに、カエタノが首筋から胸にかけて唇を這《は》わせ、最後に胸の頂を口に含むと、マレカは上体を反らしてあえいだ。

　気づいたときには、マレカはブランケットの上に押し倒され、脚の付け根に彼の唇を感じていた。彼女は早くも我慢できなくなり、彼の髪に指を差し入れ、かすれた声でささやいた。「お願い、抱いて」

　カエタノは頭を上げ、目に危険な炎を燃やしながら彼女に覆いかぶさった。彼が中に入ってくると、マレカはこの上ない快感にうめき声をあげた。

　肌が一つに溶け合い、魂が震えるような快感……。

　けれど、しだいに彼の顔が険しくなっていくのに気づき、マレカは緊張した。

　その直後、カエタノは欲望のあかしを引き抜き、彼女から滑り下りて敷物の上に転がった。「昨夜、僕は避妊をしなかった……」

　マレカはブランケットを体にしっかりと巻きつけた。「ええ、確かに」

「なんてことだ《ディオス・ミオ》……」カエタノは眉間に深いしわを刻んでそう言って、いきなり立ち上がった。「僕はこれまで避妊具をつけずに事に及んだことはなかった」その言葉には非難ではなく、自身への不信と不快感がにじんでいた。

「それを聞いて安心したけれど、昨夜はそうじゃなかったという事実は消えないわ」

　カエタノは両手で顔をこすり、どうしようもなく暗い表情になった。「僕は健康だ。病気のことなら何も心配することはない」

　彼女の胸に冷たいものが忍び寄った。「でも、それを気にかけているわけではないでしょう?」言い終えるなり、厳しい現実が暴走する貨物列車のように胸に押し寄せた。

カエタノは髪をかきむしった。「もちろん、責任は僕にあるが……きみはピルをのんでいるのか?」

マレカは喉をごくりと鳴らした。「服用しているけれど、ここ数日はやめていたの」

石になったかと思うほど、彼は固まった。「ああ、まったく《ディオス》……」

「こんなことになるなんて思ってもみなかったわ」

マレカはそう言わざるをえなかった。そして、何か恐ろしいものに突き動かされ、言い添えた。「アフターピルの服用を検討してもいいけれど?」

「いや、それには及ばない」カエタノはうなるように答え、その目に宿る暗い炎が、そんなのは論外だと警告していた。

女性としての怒りが呼び覚まされ、異議を唱えたかったが、マレカは思いとどまった。結果はどうあれ、運命に身を任せるつもりになっていた。

意外にも、カエタノは彼女が妊娠するかもしれないというのに、暗い表情は見せなかった。

妊娠――その言葉が脳内に響き渡り、マレカは遅まきながらショックを受けた。思わずブランケットの下でおなかを撫でる。そして募る高揚感に怯《おび》えた。

「でも、何も心配しなくていいかもしれない……」

マレカは彼が首を横に振るのを見て、口をつぐんだ。

「むしろ、この件に関しては慎重に考えないわけにはいかない。計画的であろうとなかろうと、子供をこの世に送り出すときは、全力で取り組むべきだ」

つい先日の会話を思い出し、彼女の心臓は足元まで急降下した。「もちろん、あなたにはなんの準備もできていない。なぜなら、妊娠はあなたの将来設計には組みこまれていないから。そうでしょう?」

カエタノの顔に怒りの色がひらめいた。「今そんなことを蒸し返すのはやめてくれ」表情が刻々と険しくなっていく。「はっきりするのはいつだ?」

マレカは頬を染めた。「次の生理の予定は来週なの。もし来なかったら、検査キットで……」

彼の顎が引き締まった。顎の筋肉がかちかちと音をたてるのが聞こえてくるようだ。

ふいにマレカは彼が今も裸でいることに困惑を覚えた。「服を着てくれない?」

カエタノは彼女に一瞥《いちべつ》をくれたあと、ボクサーショーツを拾い上げてすばやくはいた。それから両手を腰にあてがい、信じられないというようにかぶりを振った。

「何か?」マレカはいぶかしげに尋ねた。

十五分前に彼女を翻弄した唇に、皮肉っぽい笑みが宿った。「これで僕の先ほどの指摘がよく理解できたと思う」

「どういう意味?」

彼はつかの間、歯を食いしばった。「結婚してまだ一日しかたっていないのに、この有り様だ」

ちょうどそのとき、結婚に関する彼の見方に同意したかのように、太陽がマレカの指輪をきらきらと照らした。「ほとんど知らない、もしくは関心のない女性との偽装結婚や妊娠はあなたにとっては望ましくなかったということ? 偽装結婚に関してはあなたの発案で、妊娠の可能性については二人の責任よ。そして、もし妊娠していたら……」マレカは胸が苦しくなり、息を吸った。「私が責任をとるわ。それであなたの恐怖心が和らぐなら」

「僕は怖がってなどいない」カエタノは歯を食いしばった。「もし子供ができたら、僕が責任をとる」

その言葉で、マレカは心に居座っていたしこりが緩んだが、その理由を突きつめたくなかった。少なくとも今ではない。というのも、彼が言い終えるなり残された服を拾い上げたからだ。マレカも自分の服に手を伸ばした。完全に乾いてはいないものの、身につけると気持ちが落ち着いた。

マレカが馬に向かって歩きだすと、カエタノが立ちはだかった。

「キャラメロは置いていく。あとで引き取りにこさせる。きみは僕の馬で一緒に戻る」

マレカはまばたきをした。「どうして？」

答えたくなかったかのように、カエタノの顎がぴくりと動いた。「妊娠している可能性がある以上、落馬の危険は冒したくない」

「でも、あなたは彼女がいちばん穏やかだと言ったわ。実際、何も起こらなかった」

カエタノはかぶりを振った。「たとえわずかでも危険は冒したくない」

結局、マレカはカエタノの前に座り、彼の体に包まれるようにして馬に揺られながら別荘へと戻っていった。

10

カエタノは、ちょっとしたミスで失う十億ドル規模の取り引きでも、大胆不敵に交渉することに慣れていた。なのに、彼は今、ひるんでいた。

なぜ僕はこんな目に遭っているんだ？ 厩務員《きゅうむいん》が電動バギーでやってくるのを待てばよかったのか、マレカを僕の馬に乗せたりせず？

そんな自問をするのは、マレカと、自分と彼女がつくりだしたかもしれない爆弾から距離をおく必要があったからだ。

カエタノは自分でも信じられない感情のパンチに見舞われた。つまり子供に対する原始的な独占欲に。欲望に屈した結果がこのざまだ。彼は身震いした。

その震えが伝わったのだろう、マレカが振り返った。淡褐色の瞳で彼の様子を探っている。カエタノも見返し、彼女が本当にどう感じているかを探ろうとした。彼女は〝責任をとる〟と言ったが、あれは本気だったのだろうか？　それとも、僕が幼い頃、母親が父親の関心を引きつけるために僕の協力が必要だったときに交わした約束のような、空虚なものだったのだろうか？

そして僕も、もし子供ができたら、責任をとると断言した。だが、僕は父親というものの何を知っているんだ？　今朝、僕の誕生日に、父親が電話をかけてきた。僕を操り、恐喝するために。そんな父親しか知らないのだから、父親はどうあるべきかなどわかるはずがない。

真意を探る間もなく、マレカは顔をそむけた。

カエタノは自分に言い聞かせた。はっきりするまで大騒ぎするのはやめるべきだと。

手綱を握る手につい力がこもり、馬が頭をもたげた。危険だ。カエタノはとっさにマレカの胸の下あたりに腕を巻きつけた。

「落ち着け《トランキーロ》！」カエタノは愛馬をなだめながら、彼女の体を強く抱きしめた。

マレカは身をこわばらせながらも、気丈に言った。

「私は大丈夫よ」

その言葉にカエタノはいくらかほっとしたものの、乱れた感情が平静を取り戻すのを邪魔した。しかしありがたいことに、別荘が見えてきて、マレカが安《あん》堵《ど》のため息をついたのがわかった。一方、カエタノは、自分が父親になる可能性があるという現実が脳裏によみがえり、その重大な任務に失敗する確率が非常に高いという思いに苛《さいな》まれていた。

カエタノはマレカに目もくれず、立ち去った。予期していたものの、彼女は胸に鋭い痛みを感じた。

その痛みは耐えがたく、彼女から希望の最後の一かけらまで奪っていった。

スイートルームに戻ると、マレカはわずか一日の間に自分の世界がどれほどひっくり返ったのかと思い、呆然《ぼうぜん》とあたりを見まわした。昨日の今頃は、鏡の前に立って便宜結婚の行く末を考えていた。

なのに、今は……。マレカはどうにか服を脱いで洗濯かごに放りこみ、この数時間で二度目となるシャワーを浴びた。そのあと、鏡に映った自分の姿を見て、知らず知らず腹部に添えていた手を慌てて下ろした。こんなしぐさを人前でしたら、妊娠したかどうかを自ら確かめる前に、タブロイド紙をにぎわす羽目になるだろう。

この二週間で、夫がアルゼンチンでいかに有名か、マレカは思い知らされた。そして、マレカ自身の名前と画像が夫と並んで大きく報道されていた。そのため、妊娠の有無を確かめたくても、薬局に妊娠検査キットを買いに行くわけにはいかない。噂《うわさ》の的になってしまう。オンラインで取り寄せるしかない。

携帯電話を手にしたマレカは、銀行からのアラートを見て、アプリを起動させた。そして、口座の残高を見て仰天した。カエタノは約束を守り、彼女は一夜にして億万長者になったのだ。状況が違えば、ゼロの羅列に畏敬の念を抱き、自分の夢に思いを馳《は》せたに違いない。

しかし、目下のところそれどころではなく、マレカはうめき声をあげながら携帯電話を放り投げ、ベッドに寝転がった。

もし本当に妊娠していたら、何があろうと、産むつもりでいた。そして、その子を愛し、大切にしたかった。自分が両親から得られなかったもののすべてを、三倍にして我が子に与えたかった。

しかし、妊娠していないかもしれないという可能性に思い至って深い落胆を覚えながら、マレカは再び携帯電話を手に取り、検査キットが生理予定日の翌日に届くよう手配した。心の奥底で人生が変わろうとしているのではないかという予感にとらわれながら。

　最初の変化は夕食時に起こった。メイドがやってきて、一人で食事をするようにとのカエタノの指示を伝えた。食欲が失《う》せたにもかかわらず、無理やり食べたのは、おなかに赤ちゃんがいる場合を思ってのことだった。食材を尋ねたら、執事やほかのスタッフから好奇の視線を浴びることはわかっていたが、そんなことは気にしていられなかった。今の自分にとって最も大切なものは何かを考えれば。

　とはいえ、スイートルームに戻ると、マレカはほっとした。そして、ノートパソコンを手に取り、テラスの寝椅子に横たわって、人生で二番目に大切なことに取りかかった。

　太陽が丘の向こうから顔を出すまで仕事を続け、あくびが出たとき、マレカはほほ笑んだ。夢の実現に向けて動きだしたことで、気分が高揚していた。

　枕に頭をつけたとたん眠りに落ちたものの、四時間後には目を覚ました。部屋に閉じこもってはいられないと思い、着替えて一階に下りると、カエタノの姿は見えなかった。夫がどこに行ったのか、スタッフに屈辱的な質問をしようとしたとき、メールの着信音が鳴った。

〈やむをえない約束があり、出かける。戻るのは遅くなる。C〉

　目覚めたときの楽観的な気分は、たちまち霧散した。どうやら偽りの新婚旅行は早くも終わったらしい。マレカは朝食をすませると、百万年たっても自分では選ばないような、けれど驚くほど似合うビキニを身につけた。そしてノートパソコンを持って競技用サイズのプールに行き、そこで一日を過ごした。

昨夜送ったチャリティに関するさまざまなメールには、すでに返事が届いていた。その中には、面会を熱望する著名人からの返信もあった。

来週の打ち合わせの段取りを決めたあと、マレカはプールに飛びこんだ。そして、のちに大きなパラソルの下で寝入ってしまうほど疲れるまで泳いだ。

家政婦に優しく揺り起こされたときには、太陽は傾いていて、マレカはびっくりして飛び起きた。

「どれくらい眠っていたのかしら？」

年配の女性はほほ笑んだ。「ほんの数時間ですよ、セニョーラ。旦那さまから邪魔しないようにと言われていたのですが、飲み物が必要でしょう？」

「旦那さま？　夫は私がここにいることを知っているの？」自分の声に希望がにじんでいることに気づき、我ながらいやになる。

「はい」家政婦はうなずいたが、マレカは彼女が視線を避けているのに気づいた。「ただ、夕食の時間には帰れないと」

家政婦の声に不信感がにじんでいたにしても、それがどうしたというの？　カエタノは日常生活に戻ったらしい。マレカはグアバとジンジャーのパンチドリンクを受け取り、屋内に入った。

その夜、彼女はカエタノの帰りを待つつもりはなかった。そのあとの十日間も。

真夜中近く、カエタノのスポーツカーの音を聞いた日、なぜかマレカはほっとしてすぐ眠りに落ちた。翌朝、早起きした彼女は、陽光の降り注ぐ小さいながらも豪華な部屋でカエタノがテーブルについているのを発見した。

夫は水色のシャツにピンストライプのズボン、暗色のネクタイという申し分のない装いで、ジャケットは隣の椅子に掛けてあった。テーブルの上には経済紙が折りたたまれている。ビジネスの世界でその日に知っておくべきことを出勤前にすべて把握するのが彼の朝の日課であることを、マレカは知っていた。驚異の速読は彼の数ある才能の一つだった。

　カエタノの視線がドア口に立つマレカに注がれた。それだけで彼女の体は熱くなった。

「変わりないか、いとしい人《ケリーダ》？」

　彼の関心が妻に向いているのか、それとも身ごもっているかもしれない赤ん坊に向いているのか、マレカにはわからなかった。

「ええ、変わりないわ。元気よ」

　カエタノはさらに一分間、彼女を見続けていた。立ち上がってマレカの椅子を引くまで。

　執事が食欲をそそるオムレツを彼女の前に置くと、マレカは記録的な速さで平らげた。どうやら食欲は完全に戻ったようで、夫も満足そうに見ていた。

　マレカは彼の様子から深読みするのはやめようと決め、咳払《せきばら》いをした。「結婚している間の私のビジネス面での役割はどうなるのかしら？　まだ何も決めていなかったけれど」

　カエタノは身を硬くし、鋭い視線で彼女の目を射抜いた。「僕の妻として、きみは〈フィゲロア・インダストリーズ〉で望むポジションにつく権利がある。判断はきみに委ねる」

　彼女は一呼吸おいてからためらいがちに口を開いた。「だったら、あなたのPAを辞めます」心の底では正しいと思いつつも、喪失感を覚えるのを禁じえなかった。

　彼の顔に浮かんだ一瞬の驚きは、すぐに不快感に取って代わられた。「で、きみは何をするつもりなんだ？　ほかの誰かのために働くつもりはないのだろう？」彼は鋼のような声で尋ねた。

「あなたの仕事から離れるつもりはなかったの――自分の仕事を見つけるまでは」

　彼は物問いたげに眉を上げた。「説明してくれ」

「あなたがどこかへ出かけている間、のんびりしているつもりはない。私は……女性の自立促進を目的とした慈善活動を始めようと思って……」マレカは息を殺し、嘲笑されるのを待った。しかし、驚いたことに、彼は何も言わなかった。「今、いろいろ準備をしている最中なの」

彼の目に驚きの色が浮かんだが、すぐに警戒の色に覆われた。「おめでとう。だが、おなかの子供に差し障りがないよう気をつけてくれ」

彼の気遣いに感動しながらも、それが主に子供に向けられたものであると気づいて落胆した。「まだ子供がいるかどうかさえわからないのに？」言葉とは裏腹に、マレカは妊娠をほぼ確信していた。予定日を一日過ぎた今日になっても、生理になる気配がまったくないからだ。「それに、たとえ妊娠していたとしても、妊婦が出産直前まで働けることは周知の事実よ」

「一般論などどうでもいい。ほかの女性のことは」

空気が凍りつく中、数秒間にらみ合ったあと、どちらからともなく二人は視線をそらした。マレカはこのときも、彼の言葉を深読みしないよう自分に言い聞かせた。彼はあくまでも、いるかもしれないおなかの子を気にかけているだけ……。

カエタノがエスプレッソをカップについでソーサーに置き、繊細な磁器のカップを指で撫《な》でた。カフェインを大量に摂取できる彼を、マレカは羨ましく思った。私はしばらくコーヒーを飲めなくなるの？

「何を考えている？」カエタノが尋ねた。

マレカは彼を一瞥《いちべつ》し、ぽつりと言った。「もし飲めるなら、私も飲もうかなって……」

彼の視線が一瞬マレカの腹部に落ちた。「少量なら飲めると思うが、妊婦にはカフェイン抜きの飲み物のほうがいいんじゃないか」

「妊婦の食生活に詳しいの？」

カエタノは眉をひそめた。「僕が調べないと思うのか？」

そのことが自分の心に大きな影響を及ぼし、喜びに近い感情を呼び覚ましたことを、マレカは考えまいとした。「さっきも言ったとおり、妊娠したかどうかまだわからないのに？」

また沈黙が落ちた。

ほどなく彼は新聞の下に手を伸ばした。「これが三十分前にきみ宛に届いた」長方形の包みを彼女の皿の横に置いて続ける。「僕の推測が正しければ、きみも僕と同じく結果を知りたがっているはずだ」

マレカが眉をひそめると、彼は足元にあった光沢のある紙袋を取り上げた。中をのぞくと、妊娠検査薬がいくつか入っていた。「あなたは五つも買ったのね。私は二つ」

カエタノは肩をすくめた。「僕たちの間には、間違いなく確認するべきことがある」

「僕たち？」ジュースに手を伸ばした彼女の指は震えていた。「あなたは忙しくて、検査のことまで気がまわらないと思っていたわ」

彼の唇が引き結ばれた。「きみは思いこみが激しすぎる。気をつけたほうがいい、ケリーダ。さあ、朝食をすませてしまおう」

カエタノはフルーツの入ったボウルを彼女に渡した。突き返したかったが、オレンジと桃の果肉があまりにおいしそうで、マレカは我慢できなかった。食べ終わると、カエタノは立ち上がり、マレカの椅子を引いた。二階へ戻る途中、彼女の胸はどきどきしていた。最後の一歩でつまずくと、彼がしっかりと腕をつかみ、事なきを得た。

「落ち着くんだ《トランキーロ》」カエタノの声があたりに響いた。

マレカはちらりと夫を見た。彼は青ざめていたものの、自制心を保っていた。「ありがとう」

カエタノはうなずき、彼女の寝室のドアを開けて先に通した。彼も続き、寝室の中央で足を止めて、ズボンのポケットに両手を突っこんだ。その姿から、彼が緊張しているのがわかった。

マレカはバスルームに入り、七つの検査キットをすべて試した。待つこと五分、三つのキットが陽性を示していた。

マレカがバスルームを出た瞬間、カエタノが身震いしたのがわかった。彼女の表情から結果を察したのだろう。だが、マレカが結婚したカエタノ・フィゲロアは――力と支配の象徴である男はすぐに立ち直った。「今日、主治医からきみに連絡がある。血液検査と必要な検査の手配をしてくれる。それで、きみは妊娠をしばらく内密にしておきたいか？」

「私は……ええ。でも、ほかに話したいことはないの？」

「たとえば？」カエタノの目が疑わしげに細められた。「きみは僕の子を身ごもり、九カ月後には出産する。そして、僕たちは最高の親になれるよう努力する。ほかに話し合うことはない」

本当はもっと話したいことがあった。けれど、結果を予期していたにもかかわらず、マレカはショックを受けていた。そのため、近づいてきた夫に顎をつかまれても、ただ彼を見つめるしかなかった。

「マレカ……」

「何？」

カエタノは長くゆっくりと息を吐き出した。「もう出かけなくては。何か必要なことがあれば、家政婦やほかのスタッフがすぐに対応する」

彼はマレカを見つめ、何かを待っているようだったが、彼女がうなずくと、手を離して立ち去った。

マレカはよろよろとベッドに向かい、横たわった。私は母親になるのだ……。おそらくシングルマザーに。なぜなら、この結婚を三年以上続けるのは無理だとわかっていたから。そのずっと前に、カエタノは自由を求めるかもしれない……。

震える息を吐き、おなかに手を添える。すると。しだいに気持ちが落ち着いてきて、マレカは誓った。何があってもあなたを守り、愛し、育てると。

二時間後に医師の診察を受けたあと、マレカは午後いっぱい、数回の休憩を挟みながら仕事に没頭した。ふと気配を感じて顔を上げると、カエタノが寝椅子の横に立っていた。「帰ってきたのね」

カエタノは顔をしかめた。「がっかりしたように言わないでくれ」

「そんな……あなたの思い過ごしよ。ちょっと驚いただけ」マレカはあたりを見まわした。日が落ち始めたところだった。「帰宅するのはもっと遅くなると思っていたから」

「きみは一日中、ここで仕事をしていたらしいな」彼の口調には軽い非難が含まれていた。

マレカは憤然として言い返した。「あなたはこの家にスパイを放っているようね」

彼の彫りの深い顔だちがさらに陰影を帯びてこわばった。「かわいい人《グアバ》、きみは僕ととことん戦いたいのか？」彼は危険なほど官能的な声で言った。

体が燃えるように熱くなり、マレカがうろたえていると、カエタノはビキニ姿の彼女の隣の寝椅子に腰を下ろした。体がパブロフの犬のように反応するのを意識しながら、マレカは膝を立てて両腕で抱えこんだ。「何がお望み？」

カエタノの顔にひらめいた怒りには、失望のようなものがまじっていた。「診察結果を知りたいだけだ。それと、明日は外でランチを一緒にとろう」

「行けないわ。明日は忙しいから」彼の誘いをひそかに喜びながらも、マレカはぴしゃりと言った。「若い女性のための国際的な教育財団を運営している女性と会うことになっているの」

「もうそこまで進んでいるのか？」

「あなたは私のやる気を見くびっているの？」

「もしそうなら、きみは僕の下で働いていない」

顔を赤らめた自分をマレカは呪った。「褒められて、ありがとうと言うべきかしら？　それともこれも、私が働きすぎていないかどうかを確かめるための尋問なの？」

彼の目が硬質な光を放った。「僕を憎むのは勝手だが、今後九カ月間、きみには一定の監視がつく。だが今は、ただ単に再び公の場に姿を現すときが来たと言いたかっただけだ」

マレカはまたも赤面したが、今度は純粋な恥ずかしさからだった。もちろん、カエタノは体裁を繕うために誘ったにすぎない。「残念だけど、キャンセルはできないわ。彼女に会える貴重なチャンスを逃すわけにいかないもの」

長い間、二人は見つめ合い、静寂の中で二人の呼吸音がしだいに大きくなっていった。カエタノの視線が彼女の口元に落ち、さらに胸へと移り、マレカの胸を高鳴らせた。そして、渦巻く感情の繭の中で、この男性への憧れはけっして消えないのではないかと心配し始めた。消し去りたいと願っていた恋心がそれ以上のもの――私の幸福を脅かす何かに変化しかねないと。

「マレカ？」

彼女には、その呼びかけが千もの警告に満ちているように思えた。僕に思いを寄せてはいけないと。

マレカはかぶりを振り、自分を見失わないよう気持ちを引き締めた。「明日は無理よ」

カエタノの不快感が伝わってきたが、マレカはいらだつどころか、喜びさえした。なぜなら、なんであれ、夫の注目を浴びるのは快感だったからだ。

「何回、その女性と会う予定なんだ？」

「今週はあと一回、来週もまた二回」

カエタノの顔がゆがみ。沈黙がマレカの神経をざわつかせた。プライドの高い彼はそれ以上の誘いを諦め、立ち上がった。夫の傷ついたような視線に、彼女は胸を締めつけられた。

「それなら、僕たちは一緒にいる時間を最大限に活用するべきだ。少なくとも朝食と夕食は一緒にとろう」そう言って、彼は足どりも重く立ち去った。

それで、その後の二カ月間の流れが決まった。

ブエノスアイレスにいるときも、コルドバの牧場にいるときも、二人は朝食と夕食を共にした。食事中、カエタノは必ずマレカの健康状態について質問した。マレカはその都度、夫に気遣われているような錯覚を抱いた。

出席せざるをえない社交の場でも、カエタノは誠意をもって接し、彼女を会話に引きこむ気遣いを見せた。しかし、周囲に人がいなくなると、親密なそぶりは消え、しかめっ面になった。

猛烈なつわりに襲われた日、朝食の一時間後にカエタノが姿を見せたが、マレカはまったく驚かなかった。スタッフが彼女の一挙手一投足を彼に報告しているに違いないと以前から疑っていたからだ。

「何か用？」何度も吐いて体力を消耗して自分はぼろぼろなのに、彼がとても堂々として健康そうに見えることが悔しくてたまらなかった。

カエタノはお茶とクラッカーがのったトレイを彼女の膝の上に置き、ノートパソコンに険しい一瞥《いちべつ》をくれてから、彼女のカップにお茶をついだ。「子供のことで僕が対等なパートナーになるつもりがあることを、きみはいまだに疑っているのか？」

「私は自分が王冠をしまうガラスケースのようなものだと感じ続けているの。それなりに大切ではあるけれど、王冠に比べたら取るに足りないと」

彼は身を硬くした。「どういう意味だ？」

マレカの口から耳障りな笑い声がもれた。「私が何を言いたいか、わかっているくせに。あなたが人前で思いやりのある夫を演じているのは、父親をはじめ誰からも〈フィゲロア・インダストリーズ〉に対してあなたが持っている権利に異議を唱えられたくないからでしょう。そして、あなたが今ここにいるのは、私のおなかにいる赤ちゃんを守らなければならない――その一心からよ」

カエタノは首を左右に振った。「いや、違う」

「いいえ、違わないわ。たとえば〝充分に休養を取っているか？〟とか、〝医者はつわりを軽くするような処方をしてくれたか？〟とか、あなたが私に対して最後になんらかの思いやりを示してくれたのがいつだったか、あなたは覚えている？」

カエタノはさらに身をこわばらせたが、首を左右に振っただけだった。

張りつめた沈黙のあとで、彼はようやく口を開いた。「きみは何を言いたいんだ？」

「あなたは私との間に、もしくは相手が誰であれ、子供を望んでいなかった。けれど今、あなたは父親として向き合う以外の選択肢を持たず、しかたなく私が無事に出産までこぎつけるよう繊細な割れ物のように扱っている。私は自分の面倒は自分で見られるし、この子の面倒もしかり、だから、あなたは自分の企業帝国の拡大に専念し、私のことは放っておけばいいのよ」

またも訪れた沈黙は前よりも長く、その間マレカは目をぎゅっとつぶってカップを握りしめていた。

「きみが身ごもった子供は、今やきみが言うところの〝企業帝国〟の一部だ」カエタノは険しい口調で言った。「だから、大切な人《テソーロ》、僕は我が子から手を引いたりしない。もしこの件でさらに議論したいなら、夕食の席で会おう」

その夜、マレカは自分の部屋で夕食をとった。つわりが朝に限ったことではないとわかったうえ、彼女の抵抗にカエタノがどう反応するか見たいという気持ちがあったからだ。

そうすることで、彼の情熱を引き出したことがあったからでしょう？　意地悪な声がささやいた。

翌朝、国際的な慈善団体の代表との約束のために着替えているとき、マレカはそのささやきを押しつぶした。私は若い女性たちに力を与えなければならないと自分を叱咤《しった》して。

彼女はまた、二週間前に両親に送った妊娠を知らせたメールに対する返信がまだないことを、くよくよ考えるまいと努めた。カエタノが感情を抱くなと私に警告していたように、両親に対して深い感情を抱いても意味がないことを最終的に受け入れるときが訪れたのかもしれない。私は一人で生きていけるし、何事にも負けず、成功をつかもうと努力しているのだから。

マレカは大胆なオレンジ色のシースドレスを選んだ。髪はブローしてゆったりとまとめ、思いつきで大胆な赤い口紅を塗った。そして、自信を深めた彼女はヒールに合わせたクラッチバッグを手に取った。

四十分後、ミシュランの星付きレストランにおいて、ビジネスに携わる若い女性を支援する財団をロンドンとタヒチで立ち上げるというマレカにとって三つ目の契約が成立した。マレカが署名を終えたとき、店内が静まり返った。何事かと周囲を見渡すなり、うなじがぞくぞくし、心臓が早鐘を打ちだした。

体が激しく反応した理由をマレカはすぐに察した。案の定、カエタノが姿を現した。

夫は彼女に近づき、顔を寄せて唇を奪った。それから彼は慈善団体の代表にうなずいてみせ、妻に視線を戻した。「邪魔はしないよ、グアパ」深みのある魅力的な声で言う。

マレカが思わず鼻を鳴らすと、カエタノは彼女のこめかみにキスをした。そして隣のテーブルに腰を落ち着け、慌ててやってきたウエイターに何かつぶやいた。

平静を保つのは至難の業だったが、マレカはなんとか無事に打ち合わせを終えた。代表がテーブルを離れると、カエタノは立ち上がった。その姿をすべての客が目で追う中、彼は妻に近づいて頬にそっと手を添えた。

たちまち頬が熱を持ち、マレカは息を切らしながら問いただした。「ここで何をしているの?」

「すばらしい契約を成立させた妻を祝福するために駆けつけたんだ」

「でも、私たちは……こんなふうに会う約束はしなかったでしょう」

「じゃあ、どう言えばいいんだろう……。そう、きみに会いたかったから、予定をキャンセルした」

彼が本気で言ったわけではないと知りつつも、マレカの胸はときめいた。「昨夜の夕食と今朝の朝食を一緒に食べられなかったから、ここに来たと?

でも、あなたがこれまで、誰かに合わせて行動したことなんてないはずよ」

カエタノは肩をすくめた。そのしぐさはあまりにもセクシーで、マレカはどぎまぎした。

彼は続けた。「人生というものは、ときに人を驚かせる」

マレカの中に愚かな希望が芽生え、息が苦しくなった。「どういう意味?」

返答に窮したようにカエタノは困惑した表情を浮かべた。「考えすぎるな、テゾーロ。ほら、ウエイターがワインを持ってきた」

彼が自らグラスについで彼女に渡したノンアルコールのスパークリングワインは、彼の祝福の言葉と相まって、マレカの全身を発泡させ、すべてが観衆を前にした彼のパフォーマンスであるという紛れもない事実を忘れさせた。

それから三十分間、カエタノは何度も彼女の腕をなぞったり、髪を弄んだり、破壊的な笑みを浮かべたりして、彼女を苛《さいな》んだ。偉大なるカエタノ・フイゲロアが妻と一緒にいるところを見ようと、何人かの著名人が立ち寄るたび、マレカはほほ笑んだ。

やがて、笑い疲れた彼女はクラッチバッグを手に取った。「妻の肉球を触る日《ナショナル・ポー・ユア・ワイフ・デー》が終わったのなら、帰りましょうか？」

セクシーな笑顔はそのままに、彼の目に硬い光が宿った。「どちらかと言うと、〝セクシーな妻から手を離せないことを世界に知らしめる日〟だ。その目的は完全に達成された。そうだろう？」

「外に出るときは私のおなかに絶対触れないで」マレカは怒りを抑え、小声で言った。まだ二人が注目を集めていることを知っていたからだ。「タブロイド紙まで茶番に巻きこむ必要はないわ」

「僕が触れただけできみがかすれた声で叫んだことを思い出すよ」

「あれはほんの一瞬、正気を失っただけだということで同意したでしょう」

カエタノの顎がこわばり、目が泳いだが、すぐに落ち着きを取り戻した。「きみをパパラッチから守る気はないから、きみの懇願に応えてやるよ」

マレカは息をのんだ。胸に失望の波がどっと押し寄せる。「帰っちゃうの？」

彼はきっぱりとうなずいたが、その柔和な顔の下にはまだ怒りが潜んでいた。「契約を完了させるために、二週間ほど中国に行く」

「二週間？」マレカはかすれた声できき返す自分がいやになった。

カエタノの真剣味を帯びた緑色の目が彼女の目をとらえた。「ああ、それで、きみが切望していた自由が得られるわけだ。夫の不快な手から逃れて」

その辛辣な返答にたじろいだが、マレカはそれ以上に、出張への同行が結婚契約書に記されているにもかかわらず、彼が中国に妻を随伴しない理由が知りたくてたまらなかった。

私も連れていって——そう叫びたかった。あなたがいないと寂しくなるからと。

だが、マレカはなんとかこらえ、平静を保ち、話題を変えた。「超音波の検査のときは、戻ってきてくれるの、出張を中断して？」

つかの間カエタノは固まったが、決然と言い放った。「いや、無理だ」

マレカは打ちのめされたが、心の一部ではカエタノの冷ややかな態度を歓迎していた。

なぜなら、手遅れになる前に、感情の暴走にブレーキをかける何かが必要だったから。

11

妻に避けられている——そのこと自体は少しも気にする必要がないにもかかわらず、カエタノの睡眠と目覚めの妨げとなった。

彼は憤慨し、驚くほど当惑した。

とりわけ腹立たしいのは、カエタノが中国から帰国してからの二カ月間、彼が成立させようとしていた取り引きがことごとく脅かされたことだった。役員やスタッフはボスの勘気に怯《おび》え、彼の集中力の欠如に手を焼いていた。

マレカとの会話は石から血を抜くようなものだった。だったら、彼女に近寄らなければいいのだが、魔女に魔法をかけられたかのように、引き寄せられてしまう。そして今、カエタノはコルドバで、彼女がブエノスアイレスでの会合から帰ってくるのを待っていた。

彼は飲み物をつぎ、ブエノスアイレスの自宅の監視カメラの映像を表示するアプリを起動させた。画面をスクロールしながら、マレカが映っているところで、何度も一時停止のボタンを押した。彼女はここ数週間でずいぶん日に焼けていた。伸びたダークブロンドの髪も脱色されてより明るくなり、その輝きは息をのむほどだった。

プールサイドでくつろぐ妻の姿が現れると、カエタノは食い入るように見た。白いビキニが肌にまつわりつくさまはセクシーとしか言いようがなかった。

胸はこんなに大きかったか？　カエタノはティーンエイジャーのように唾をのみこみ、張りつめた下腹部に手を伸ばした。たとえその女性がゴージャスながら、不愉快な妻であったとしても！

マレカは慈善団体を立ち上げてからわずかな期間で、自分が若い女性たちの心強い味方であることを証明した。その名称――〈マレカ・フィゲロア・ウィメンズ・エンパワーメント・チャリティ〉に、カエタノは誇りを感じていた。

彼女はカエタノが振り込んだ百万ドルをすべて慈善事業につぎこみ、一躍メディアの寵児《ちようじ》となった。そんな妻に畏敬の念を抱く一方、心にあいた穴が大きくなり、痛みが強くなっていくのを感じていた。

カエタノは悪態をついてアプリを閉じ、日課と化している電話をかけ、スタッフの報告を受けた。

〝はい、セニョーラは元気です。プールで数時間過ごしたあと、会合に出かけました〟

〝はい、吐いたのは一度だけで、食欲も戻りつつあります〟

〝いいえ、セニョールについては何もおっしゃっていません〟

カエタノは荒々しいうなり声をあげて携帯電話を脇に放り投げ、スーツを脱いだ。シャツも脱ごうとしたとき、電話が鳴った。だが、期待した相手ではなく、画面に表示されたのはオクタヴィアの名前だった。彼は無視を決めこんだ。

今、カエタノが相手にしたいのはただ一人、妻だけだった。感情など無用の長物だという信念とは裏腹に、彼は妻と、その妻が身ごもった赤ん坊に執着するようになっていた。

この数週間で何度目かの冷たいシャワーを浴びながら、どうすればこの事態を打開できるか思案にふけったが、なんの策も浮かばず、途方に暮れた。

「みなさん、近いうちにまたお会いしましょう」

マレカは涙ぐみながらも、笑みを浮かべてビデオ会議を終えた。タヒチ島パペーテの教育財団が正式にスタートしたのだ。ログオフした瞬間、彼女はおなかに手をあてがった。至福のひとときだ。

それもつかの間、胸に痛みが走った。夢を叶《かな》えて有頂天になりながらも、自分自身の人生における喪失感は消えようがなかった。求めてやまない愛が得られないからだ。具体的には夫の愛が。

僕に無用な感情を抱くな――そう警告した夫を、マレカは全身全霊で愛していた。もしカエタノが怒りに任せて距離を保っていたら、夫の手に渡ってしまった心の一部を取り返せるかもしれない。だが、カエタノは食事のたびに現れ、マレカの健康状態や赤ん坊のことを尋ね、彼女が始めた慈善事業の概況を聞いて褒めたたえた。そんな彼を見ていると、胸に希望と喜びが芽生えた。

そして、おなかの子の成長を実感するにつれ、このままでいいのだろうかと思い始めた。

明日、超音波検査があり、カエタノは今度は立ち会うと言っている。今が現状を変えるチャンスなのかもしれない……。

そのとき、実は執事の妻であることがわかった家政婦のアリアナが満面に笑みをたたえて現れ、マレカの物思いが断たれた。家政婦はマレカの好きなパンチとトゥクマナとパスタフローラをのせたトレイを手にしていた。先だって、アリアナはカエタノから妻を監視するよう指示されていることを認めた。つまりマレカは今、きちんと食事と休憩をとるよう、暗に促されたのだ。その仕事ぶりと十人の孫を持つ家政婦の妊娠に関する助言は、マレカの気持ちを温めた。

「このままだとドアを通り抜けられなくなっちゃうかも」マレカはぶつぶつ言いながら、二つ目のトゥクマナに手を伸ばした。

「食欲があるのはいいことです。旦那さまもお喜びになるでしょう」

アリアナの言葉に、マレカの心臓が跳ねた。家政婦が去ったあとも動揺は一分ほど続き、カエタノとの関係において、これはきわめて重要な瞬間かもしれないという思いが頭から離れなかった。そして、夫とリビングルームで顔を合わせる前に、身なりを整えた。彼はそこで医師の到着を待っているはずだ。

十分後、エメラルドグリーンのジャージー素材のワンピースに身を包んで、リビングルームに入ったとき、マレカの胸は高鳴っていた。彼女がワードローブの中から選んだのは、やはり緑色だった。

妻の姿を見るなり、カエタノは立ち上がって近づいてきた。「大丈夫か？」

マレカはその問いかけに何か意味があると信じながら、かすれた声で答えた。「ええ」自分の心を守ろうという気持ちはどこかに消え、夫への思いがますます深くなる。「あなたは？」

彼は肩をすくめた。「いくつかの些細《ささい》な試練はあったが、いずれも事なきを得た」

マレカはうなずき、咳払《せきばら》いをして、彼のあまりに魅力的な顔と体から視線をそらした。「そう、それは……よかったわね」

気まずい沈黙が二人の間に流れた。

やがてカエタノは自嘲気味の笑みを浮かべて尋ねた。「夫の顔を見て簡単な会話を交わすことが、きみにとってはそんなに難しいことなのか？」

マレカは驚いて目を見開いた。「えっ、何？　私は……」ドアがノックされ、彼女は口をつぐんだ。

アリアナが入ってきて、二人の様子を見て心配そうに顔をしかめた。そのあとでカエタノを見やり、スペイン語で何か言った。

カエタノは視線をマレカから離すことなくうなずき、家政婦が去るなり言った。「医者が来たそうだ。少なくとも、診察くらいは協力できるだろう？」

彼の物言いにひどく落ちこみながらも、マレカはうなずいた。すると、カエタノはドアに向かって歩きだし、途中で振り返って手ぶりで彼女を促した。

彼の視線が体に向けられているのを感じ取り、マレカは思った。私の体の微妙な変化に夫は気づいているだろうかと。胸は重くなり、ヒップがふくよかになり、肌も少し生き生きとしていることに。

マレカは夫の本心が知りたくてじっと見つめた。しかし返ってきた彼の視線は、ビジネス界に君臨する大物特有の、冷酷で恐ろしく、不可解なものだった。赤ん坊の心音が静かな部屋に響き渡るまでは。

検査用の簡易ベッドに横たわっていたマレカは、彼女の体にぴたりと押し当てられた夫の体が小刻みに震えているのを感じ取った。彼の目はスクリーンに熱心に注がれ、厚い胸は大きく上下していた。

「なんと《ディオス・ミオ》！」カエタノは荒い息を吐きながらつぶやいた。「彼女は……彼は……」

夫が感動して言葉を失っていることに、マレカは安堵《あんど》し、力強い腕に手を添えた。

彼は驚き、畏敬のまなざしを彼女に向けた。「わかっている……」

医師はほほ笑み、いくつかのボタンをクリックしてうなずいた。「すべて順調のようです。普段どおりに過ごしてください、セニョーラ・フィゲロア」

再びマレカは安堵の波に襲われた。そしてカエタノが指を絡ませてくるなり、強く握り返した。

もしかしたら、ここから何かが生まれるかもしれない。マレカは一縷《いちる》の望みを抱いた。

診察を終えた医師が赤ん坊の画像を手渡して部屋を出ていったあとも、二人はしばらく感情の繭に包まれていた。カエタノの右手は妻の手を強く握り、左手は彼女の頬を撫《な》でている。そして淡褐色の瞳をじっと見つめたあと、彼は左手を彼女の腹部に添えた。

「きみに触れていたいんだ」カエタノは喉をごくりと鳴らした。その声は感情にあふれている。

マレカの胸がときめいた。二人の子供が宿っているところを撫でる彼の瞳の中に敬虔《けいけん》さを見て取り、胸の震えを抑えられなかった。そして、恐怖と希望が入りまじった感情が血管を駆け巡るのを意識しながら、ぼそりと言った。「カエタノ、私たちは話し合う必要があると思うの」

彼はたちまち身を硬くし、突然マレカから手を離した。触れ続けてとマレカは懇願したかったが、もう愛をねだるのはやめなくてはと思い直した。

「ここで最後通牒《さいごつうちょう》を突きつけるつもりか？」

その言葉に衝撃を受け、絶望が胸の中でふくらんだ。それでもマレカは顎をぐいと上げた。「私がそんなことをすると本気で思っているの？」

触れていたいという前言を翻すかのように、カエタノは両手をポケットに突っこんだ。「僕がどれだけ後継者を欲しているか、わかっているはずだ。それがきみにどれほどの力を与えるかを理解しないなんて、愚かにもほどがある」

苦痛がわずかばかりの希望を切り裂いた。「あなたが私の立場だったら、その力を利用するの？」

彼女の嘲りに彼は顔を曇らせた。「僕たちが結婚したのは、お互いに何かを得ようとしたからだ。そのことを話したいのか？　僕にねだりたいものが新たにできたのか？」

ええ、そうよ。マレカは胸の内で答えた。私はあなたの愛が欲しい！

けれど、夫が応えてくれる可能性はない……。

そんなに簡単に諦めてしまうの？

その内なる声をマレカは憎みたかった。

けれど、その声こそ、心の羅針盤として私をここまで導いてきたのだ。それを思えば、今こそ耳を傾けるべきだ。そうでしょう？

マレカは深呼吸をして、汗で湿った手のひらをドレスで拭った。「赤ちゃんの画像を見てあなたが身を震わせたとき、私がそれを利己目的で利用しようだなんて少しでも考えたと思う？」

カエタノの目に疑念の色が浮かんだ。「そうじゃないのか？」

「あなたが感情を表に出すのを嫌っていることは知っている。それって、ご両親のせい？」彼がさらに硬直するのを見て、マレカは続けた。「あなたに知っておいてほしいから言うけれど、私は……自分が誰かのお荷物や身代わりのように感じるのが嫌いなの。その問題が解決しない限り――」

「きみはけっしてお荷物なんかじゃないし、身代わりでもない」カエタノは不愉快そうに遮った。

彼の言葉に温かみを感じながらも、マレカの中では長年にわたって苛《さいな》まれてきた苦い思いがふくれあがっていた。「だとしたら、私の両親にそう言ってほしいものね。父と母は、私を学問の世界に入れようとしなかった。もし娘が失敗したら親は恥をかき、成功したら競争相手になるからという理由で。なのに、彼らは自分たちの専門分野以外の仕事を見下し、私のことをお荷物だと感じていた」

カエタノの顔が怒りにゆがんだ。「彼らはきみに面と向かってそう言ったのか？」

「直接には言わなかった。でも、九歳のとき、母の古い日記を偶然に読んでしまったの。そこには母が予定外の妊娠に気づいたときのことが書かれていた。詳細を話すのははばかられるけれど、両親にとって私はミスから生まれたお荷物で、その思いはずっと変わらなかった。そんなことを知った子供はどう乗り越えればいいの？」マレカは硬い声で訴え、それからかぶりを振った。「ごめんなさい。こんなこと、誰にも言ったことがないのに」

もし彼女が同情を期待していたのなら、それは裏切られた。カエタノの顔は引きつったままだった。

「きみは歴史が繰り返されると思っているのか？」

「いいえ」マレカは決然とかぶりを振った。「私が敢然と立ち向かえば、そうはならない。生まれてくる子供には、自分は望まれていないなどという気持ちには絶対にさせない。私はおなかの子が何よりも欲しい。私は完璧ではないし、幼少期に心に傷を受けた経験は消せないけれど――」

「自分のことを卑下したり悲観したりするのはやめろ。そんなのは逆効果だ」カエタノは遮った。

「何週間も前に赤ちゃんができたと両親に知らせたのに、いまだになんの音沙汰もない」

カエタノは肩をすくめた。「それは彼らの問題だ。きみは、冷淡きわまりない両親とは正反対の人だ」

そう思うなら、なぜ私を求めてくれないの？　その問いはマレカの胸の内でつぶやかれただけだった。彼女は咳払《せきばら》いをした。「私が言いたいのは、私たちの間にこんな……ぎすぎすした関係は必要ないということなの。契約書を読み直したところ、もしうまくやっていけないと思えば、私たちは別々の道を歩むこともできるとあったわ。あるいは、永続的な結婚に変更できるとも――」

カエタノは冷笑で彼女の口を封じた。「結局、きみは僕の推測が正しかったことを証明している」

「最後まで言わせて」マレカは憤然と返した。

突然カエタノは彼女に近づき、数十センチ手前で足を止めた。「なぜだ、きみが何を言おうとしているかわかっているのに？　僕と別れると脅すか、親権を要求するか、経済的な条件について再交渉するか、そのいずれかだ。だが、答えはすべて〝ノー〟だ。慈善事業に金がかかることはもうわかっただろう。だが、きみが支援すると約束した人たちを失望させてはならない。せめてその約束を果たすまで、きみは僕の妻の座にとどまるべきだ」

マレカは胸を締めつけられた。「カエタノ、もうやめて――」

カエタノはポケットから手を出して掲げ、妻を黙らせた。「今は悪いことばかりじゃない。今朝、僕は顧問弁護士に、きみがこれまで財団に費やした金額と同額を追加で支払うよう指示した。だが、僕たちの契約を反故《ほご》にすると脅し続けるなら、振り込みをやめさせる。わかったか？」

「つまりは、二人の関係においてあなたが優位に立つためなんでしょう？」

彼はマレカの腹部を見やった。「子供が僕のものだと主張するためでもある。きみと同じく、僕も両親から学んだ、自分以外の誰も頼ってはいけないと。だから、自分でコントロールできないものは何一つ与えることができないし、奪われることもない」

「そうね、私が望むものを、あなたは与えることができない。そして、私はいつでも逃げ出すことができる。たとえそれが、あなたの大切なお金を私が欲しがっていないことを証明するためであっても」

緑色の瞳が陰りを帯び、黒くなる。「そんなふうに僕を試すべきじゃない、かわいい人《グアパ》」

彼は警告し、ポケットから携帯電話を取り出して運転手にかけた。指示はスペイン語だが、マレカにも充分に理解できた。「出ていくのね？」

「僕がここにいると赤ん坊に悪影響が及ぶ。だから僕は、きみが先ほど非難した企業帝国の仕事に専念するのが最善だと思う。じゃあ、また《ハスタ・ルエゴ》、大切な人《テソーロ》」

冷ややかに発せられた別れの言葉に、マレカはひどく傷ついた。「そんな簡単に出ていかせない！」

ドアに向かって歩きだしていたカエタノは肩越しに嘲りの視線を投げかけた。「僕をどうやって止めるつもりだ？」

「このひとでなし！」

彼は一瞬硬直したが、今度は振り向くこともなく立ち去った。

それから六週間、カエタノと会うのは、マレカにとって苦痛以外の何ものでもなかった。

ただし、この六週間でマレカは自分自身について多くを学んだ。彼女は、最後の日に彼に言ったことが正しかったことを知った。つまり、間違いなくおなかの子を強く望んでいたのだ。そして両親が与えてくれなかった愛情に満ちた幸せな家庭を築くためなら、なんだってするつもりだった。

さらに、マレカは最後にもう一度両親に連絡を取って、〝あなたの幸せを祈っています〟という他人《ひと》事《ごと》のような言葉が返ってきたとき、もう両親には何も期待しないと心に誓った。今後彼らに何が起ころうとも関知せず、自分と赤ん坊を優先しようと。

とはいえ、理性の声は、カエタノとの関係については、あと一度だけ修復を試みる義務があると強く訴えていた。

「ランチタイムです」

新しいアシスタントのルナがオフィスに入ってきて、マレカの目の前にトレイを置いた。チキンサラダはおいしそうだったが、神経が高ぶっていて手を伸ばせなかった。

「何かあったのですか？」ルナが不安そうに尋ねた。

マレカは支援を必要としている女性たちをなるべく財団で雇おうと固く決意していた。そのため、家庭内虐待を乗り越え、自分の価値を見いだそうと決意しているルナを雇ったのは当然の帰結だった。

「いいえ、なんでもないわ」マレカは答え、ルナが安堵の表情を浮かべたのを見てほほ笑んだ。「でも、手伝ってほしいことがあるの」

「なんでも言ってください」ルナは熱心に応えた。

マレカは意を決して口を開いた。「ニューヨークにいる夫のもとに行きたいから、航空券を予約してくれる？」

12

十六時間後、マレカは日没前のＪＦＫ空港に降り立ち、すぐにルナが手配したカーサービスでマンハッタンに向かった。

カエタノには内緒にしていた。彼に来るなと言われるのを恐れたからだろうか？

夫の豪華なペントハウスから一ブロックしか離れていないホテルに到着してから二時間が過ぎた今も、マレカは着替えながら、体内で波打つ不安と闘っていた。柔らかなクリーム色のジャージー素材のミディドレスが体を覆い、丸みを帯びたおなかを優しく包む。そして、同じ丈と色の上等なカシミアのコートを羽織ると、不安は消え、代わりに自信が芽生えた。

　ぎっしりつまったカエタノのスケジュールの中に、妻と会う時間を割りこませるのは、たとえ一時間であっても至難の業だった。諦めようかとも思ったが、このチャンスを逃してみすみすブエノスアイレスには戻れないとわかっていた。

　ダイヤのイヤリングに加え、プラチナとダイヤのブレスレットも身につけた。チェーンは繊細で、宝石も控えめなので、仰々しさは感じない。最後にシンプルなパンプスを履き、おそろいのコーヒー色のクラッチバッグを手に取った。

　エレベーターの鏡に映る妊婦らしくなった自分の姿を見て、マレカは決意を新たにした。

　数分後、ニューヨークを象徴する超高層ビルの前に立つと、礼儀正しいドアマンが彼女のためにガラス戸を開けてくれた。

　光り輝くクロームメッキ、磨き抜かれたガラス、モダニズムの装飾は目を見はるすばらしさだった。気が変わる前にと、マレカはエレベーターに急ぎ、ドアが開くなり最上階のボタンを押した。

　ものの一分とたたず、彼女は専用の玄関ホールに降り立った。すると、目の前にこの上なく美しい夫が腕組みをして立っていた。

「誰かと思ったら、なんと、予想外の訪問者だ」

　その発言の真意を読み解くほどの集中力は、今のマレカにはなかった。なぜなら、夫を見たとたんにこみ上げた渇望を抑えるのに必死だったからだ。

「マレカ、僕は明日帰国するのに、どうしてわざわざニューヨークまで飛んできたんだ？」カエタノは彼女の体を眺め渡した。その視線は腹部のあたりでしばらくとどまり、次にブレスレットに注がれた。

　彼が何を考えているのかマレカはききたかったが、率直に言って怖かった。そこで、完全に神経をすり減らす前に切りだした。「私たちは話し合わなければならない。今度は私の話を最後まで聞いて」

カエタノは目を細くした。「きみは感情的になっているようだ」

「ええ、そうよ。私はあなたみたいなロボットまがいの人間ではないもの」

一瞬、カエタノの目が氷のような冷たい怒りにきらめいた。「きみはまたも僕の主張を証明してくれた。なぜ僕がこの……狂気の奴隷のままでいることを許せないのか、わかっただろう？」

「いいえ、わからない」マレカは挑発した。ここから始めるのが最適なのだと思いながら。なぜなら二人とも狂気にとらわれているからだ。

カエタノは嘲った。「僕を破滅させる可能性があるものを受け入れろというのか？」

「必ずしも破滅させるとは限らない。感情が幸福をもたらすなら、それは歓迎するべきじゃない？　あなたは毎日、困難なビジネスの取り引きを追い求めている。それって、別の種類の愛よ」

「だが、ビジネスは僕を裏切らない」彼は冷ややかに反論した。「僕を操ったり失望させたりしない」

マレカは喉をごくりと鳴らした。「どういう意味？　私がいつそんなことをしたというの？　それとも、あなたが言っているのはご両親のこと？」

カエタノは唇をゆがめて踵《きびす》を返すと、リビングに通じる二重ドアを通り抜けた。そこからの景色は最高にすばらしかったが、マレカには眺める余裕はなかった。

「父と母は僕に対してもうそんな力は持っていない。だが、ほかの人間の場合、常に僕を裏切る可能性がある」彼は苦々しげに答えた。

「あなたは未来が見えるの？」

「いいや。しかし、常識的に考えて、そして経験上、僕たちはそこに向かっている。とりわけ、二人を結びつけているのが純粋に肉体的なものであるなら」

「肉体的……」マレカはあきれたようにつぶやいた。

「私たちの間にはそれしかないと？」

「それと、僕たちの子供に対する責任感かな」カエタノは肩をすくめた。「なぜ、きみはここに来たんだ、マレカ？」

「私たちの間に何か救いになるものがあるかどうか確かめに来たのよ。でも、もう答えは出たようね」

殺伐とした表情が彼の顔に影を落とした。「電話をくれれば、わざわざ来なくてすんだのに」

マレカの望みはことごとく断たれた。「まったく、あなたは本当にすごい人ね」

カエタノの鼻息が荒くなり、マレカは夫に完全に切り捨てられるのを覚悟した。しかし、しばらくすると、彼はまた肩をすくめた――反論する価値さえ妻にはないかのように。彼女の希望はついえた。

「自分はお荷物だと私は自嘲したけれど、あなたは私を捨てたくてしかたがないんでしょう？　あなたは自分が何者か知らないでしょうから、教えてあげる。あなたは臆病者よ！」

彼は全身を小刻みに震わせ、それから彫像のように固まった。「言葉に気をつけろ、大切な人《テゾーロ》」

「私を汚物のように扱っているくせに、〝テゾーロ〟だなんて呼ばないで！」

カエタノはうろたえたが、もちろん一瞬のことだった。彼は嘲るような笑みを浮かべ、腕組みをして言った。「もう気はすんだか？」

マレカは彼をにらみつけた。「なぜそんなことをきくの？　赤ちゃんに害が及ばないよう私を落ち着かせる必要があるからとか、傲慢なことを言うつもり？」

視線を彼女の腹部に落としたカエタノの目に、緊張の色が浮かんだ。「そんなことは夢にも思わない。きみの愛情がいかに深いか、僕は身をもって知っている。僕たちの息子か娘がそれを受け継いでくれるよう心から願うよ」

マレカは戸惑い、しばし彼を見つめるうちに、自分の賭けが失敗に終わったことを思い知らされた。これ以上ここにいるわけにはいかない。そう思い、クラッチバッグを握りしめ、ドアに足を向けた。

「どこへ行く？」

「どう見える？　帰るに決まってるでしょう」

その直後、カエタノは彼女の前に立った。行く手を阻まれたわけではなかったが、マレカは頭がくらくらして彼の横を抜けるのは容易ではなかった。そしてよろめいて何かにすがろうとしたのが間違いだった。支えとなるものは夫だけだったから。

カエタノは大きな声で悪態をつき、マレカを抱きかかえ、ドアとは反対の方向に歩きだした。

「何をしてるの？　下ろして」

「落ち着け《トランキーロ》、かわいい人《グアパ》」

カエタノは淡い金と銀の調度で統一された寝室に入った。そしてマレカをそっと横たえた。

「弁護士と打ち合わせがあるんだ。長くはかからない。それから家に帰り、懸案を片づけよう」

マレカは喉にこみ上げた塊をのみ下し、湧き上がる愚かで致命的な希望を押しつぶした。〝家〟とは、彼にとってはただ寝る場所にすぎない。私が考えている〝家〟とは違うのだから。

しばらく彼はまつげで目の表情を覆い隠していたが、まつげを上げた瞬間、絶望的な決意に満ちた荒《すさ》んだ閃光《せんこう》が見えた気がした。私の思い違いかしら？

「この宙ぶらりんな状態をこれ以上長びかせたくない。その点は、きみも同意するだろう？」

胸の中の希望を打ち砕かれ、その空洞に悲しみと痛みが押し寄せた。そうよ、もう終わりにしよう。私と彼はけっして結ばれないのだ。マレカは沈黙し、それが承諾の意だと彼に思わせた。そして、カエタノがプライベートキッチンに食事を運ぶよう携帯電話で指示するのを許した。そして、もっと何か言いたそうにしていた彼が諦めたかのようにくるりと背を向けて立ち去るのを許した。

一人になった瞬間、マレカはこらえきれずにすすり泣いた。早く決着がつき、自分が進むべき新たな道が見つかるよう願いながら。

だが、決着の時はやってこなかった。次の十分も、そのあとの三十分も。その頃にはようやく涙も涸《か》れ、マレカはベッドを出た。そして、靴を履き、バッグとコートを手に取ると、誰にも見つからないよう祈りながらペントハウスを出た。

ホテルに戻った十分後には、マレカは空港に向かうタクシーに乗っていた。

数カ月前のあの〈スマイス〉に端を発した出来事のあまりに早い展開に、マレカは唖然《あぜん》とした。

ほかの女性に贈る指輪を指にはめたことが大きな間違いだった……。


タクシーに揺られながら、マレカは指輪をじっと見つめた。呪われているのかもしれない。運転手の警戒した視線を浴びながら、彼女は半ばうなり、半ば嗚咽《おえつ》した。

空港に着くと、マレカはティッシュで涙を拭い、税関に向かった。パスポートを差し出すと、係員が目を見開いた。「ああ……ミセス・フィゲロア、ブエノスアイレスへの便は三日後までありません。それでよろしいですか？」

「いいえ」その決断は直感的だった。「往復チケットですが、行き先を変更できますか？」

「もちろんです。少々お時間をください」

マレカは、自分がミセス・フィゲロアだから便宜を図ってもらえることを知っていたが、気にしなかった。すぐに無名のマレカ・ディクソンに戻るのだから。そう思うなり、胸に鋭い痛みが走った。

マレカはロンドン行きのビジネスクラスを予約した。エコノミーだと、好奇心旺盛な乗客が多く、写真を撮られる恐れが大きいと判断したからだ。さらに、ミセス・フィゲロアがなぜプライベートジェットではなく航空会社のエコノミーに座っているのかという憶測が飛び交うのは避けたかった。

大西洋を横断する途中、またもこみ上げた涙を拭おうと手を上げたとき、結婚指輪と婚約指輪が目に留まり、胸を締めつけられた。それらは、彼女の人生が粉々に砕けて一変してしまう前に、たった一晩、最愛の人の腕に抱かれていたことを思い出させた。

マレカは見るのがつらくなり、手を下ろしてハンドバッグの中を探った。エンボス加工された黒いカードが手元にあることを祈りながら。幸いすぐに見つかり、安堵《あんど》のため息をついた。ミズ・スマイスは、はたして店の中に入れてくれるだろうか？　試すしかない。

ここ数週間で、マレカの慈善団体の口座に振り込まれた匿名の寄付金は五百万ドルに達していたが、彼女は真の変化をもたらすにはどれだけの資金が必要かを痛感していた。資金はまだまだ足りない。

彼女は、ヒースロー空港で乗ったタクシーの中から、メールや不在着信を無視して〈スマイス〉に電話をかけた。そしてナイツブリッジに行き、例のギャラリーの向かいにある公園のベンチに座って、携帯電話が鳴るのを待った。

二時間後、ミズ・スマイスから電話があり、正午に会う約束を取りつけた。

指定された時刻にギャラリーに行き、二階に上がると、謎めいたミズ・スマイスが待っていた。

「ミセス・フィゲロア、これは異例なのよ」

声音も表情も淡々としていて、彼女がマレカの依頼を喜んでいるのか不快に思っているのか、さっぱりわからなかった。数奇な運命をたどることになった前回と同じく、手ごわい女性だった。

〝きみはけっしてお荷物なんかじゃないし、身代わりでもない〟

ふいに頭の中でカエタノの声が響き、マレカに勇気を与えた。彼女はほほ笑み、うなずいた。「はい」深呼吸をして指輪を外す。「突然お邪魔して、ごめんなさい」

ミズ・スマイスはマレカを不思議そうに見つめながら言った。「〝異例〟と言ったでしょう？　もし私があなたを入店させたくなかったら、あなたはここにいないわ」

「そうですね。ありがとうございます」マレカは咳《せき》払《ばら》いをして手を差し出した。「この指輪をお返ししたいのですが。ご迷惑をおかけしますので、相場より安い値段で結構です」

「ここは裏通りの質屋ではありませんよ、ミセス・フィゲロア」ミズ・スマイスの口調は冷ややかだが、高い知性がにじんでいた。

ミズ・スマイスは指輪を見て、それからマレカの腹部に注がれた。「本当にいいの？　いったん返品したら、もう買い戻せないわよ」

「はい」マレカは指輪から目をそらした。この指輪はカエタノにとって目的達成のための手段でしかなかった。私にとってはなんの意味もない。

ミズ・スマイスはうなずいた。「少し時間をください」彼女はその場を離れようとして、マレカのブレスレットに目を落とした。「お似合いよ」

マレカは驚いた。「これもあなたの作品？」

ミズ・スマイスの目の中で誇らしげな光がきらめいた。「私の最近の委託コレクションの中の一点なの。実は不思議に思っていたのよ」

「何をです？」

ミズ・スマイスは首を横に振った。「私の勝手な憶測よ。忘れてちょうだい」

「お願い、教えてください」マレカはなぜか気になり、声が震えた。「知りたいんです」

ミズ・スマイスは困ったようにかぶりを振り、ブレスレットに視線を注いだ。「刻印はどうなっているのかしら？」

マレカは顔をしかめた。「刻印？」

「エスペランサ・エテルナ——永遠の希望」

答えたのはミズ・スマイスではなく、彼女がニューヨークに残してきた男性だった。

はっとしてマレカが振り向いたときには、ミズ・スマイスの姿はカーテンの向こうに消えていて、カエタノが一人で立っていた。

「ここで何をしているの？」いつになったら、私はどきどきせずに彼に話しかけられるのだろう？

緑色の目が彼女の顔をとらえた。「きみは僕に何も言わずに出ていった」

それでここまで私を追ってきたの？　なんのために？　マレカは混乱した。

カエタノの目が暗くなる。「きみが正しいと気づいたからだ。僕は臆病者だった」

マレカは息をのみ、罪悪感に苛《さいな》まれた。「いいえ、ニューヨークで私が言ったことは忘れて」

彼は吐息をもらした。憔悴《しょうすい》しているように見え、マレカは言葉を失うほど驚いた。

「きみはすべてにおいて正しかった。きみがニューヨークに来てくれなかったら、僕は逃げ続けていただろう」

「そうなの？」

「きみがいなくなったあとも、きみが僕と一緒にいてくれるよう願い続けた。たとえきみが僕たちの結婚契約に疑念を抱いていたとしても。だが……」カエタノは暗く殺伐とした視線を、正方形のシルクのクッションに置かれた指輪に落とした。「きみは僕から離れると決めてしまったのか？」

マレカの口から嗚咽がもれた。「そうするしかないんだもの。ほかに選択肢はない……」

カエタノはやつれた顔を両手で覆った。「僕をこんな立場に追いこんだ祖父に、僕は腹が立った。しかしその根底には、僕が全身全霊を傾けて切望するようになった挙げ句、手に入れられないかもしれないという恐怖があった」

「どういうこと？」

彼は喉をごくりと鳴らした。「きみは僕を魅了した。僕を挑発した。ほかのどの女性よりも僕を興奮させた。きみの情熱は僕を怯《おび》えさせた。僕の子を身ごもり、親になるという事実に僕が怯えたのに対し、きみは親になる覚悟を決めた。そして、僕のことを気遣ってくれた……」

「カエタノ……」マレカは身を震わせた。

「もう一度、僕の名前がきみの口からこぼれることを、僕がどんなに待ち望んだか、きみには想像もできないと思う」

「あなたが何を言いたいのか、まだわからない」

「つまり、きみなしには僕は生きていけないということだ。ペントハウスに戻ってきみが消えたと知って、絶望感に襲われた。もう生きていけないと思った。だから、きみを追ってきた。もう降参だ」

じわじわ湧き出していた喜びが、最後の言葉で跡形もなく消えた。「将来あなたが私を恨むことになるなら、私はあなたに降参なんてしてほしくない」

感情を抑えきれないかのように、カエタノは声を震わせた。「きみが僕を必要としていることをほんの少し見せてくれれば、僕は絶対にきみのそばを離れない」

マレカは息をのんだ。「カエタノ……」

彼はもう一歩、妻に近づいた。「テゾーロ、どうしてニューヨークに来たのか、教えてくれ」

あなたに愛してほしいから――その言葉は彼女の

胸の内で渦巻いた。けれど、もしこれがすべて夢だったらと思うと、怖くて口にできなかった。

「頼む、マレカ、教えてくれ。もしかして、僕と別れると告げるためか？」

これにははっきりと答えることができた。「いいえ、違うわ。あなたと別れるためじゃない」

カエタノはその答えに満足しなかった。「しかし、きみは今ここにいて、指輪を返そうとしている。僕がきみを追い払ったのは、僕がきみを愛するほどには、きみは僕を愛せないと悟ったからだ」

彼女は呆然《ぼうぜん》とした。恐怖が消え、喜びに取って代わられる。「私を愛しているの？　でも――」

「すぐには信じられないのはわかっている。なにしろ僕は事あるごとに嘘《うそ》をついた。自分はきみにふさわしくないとわかっていたから、あえてきみを無視し、きみの話にほとんど耳を傾けなかった。いつかきみが正気に戻り、僕の嘘を見破るのではないかとびくびくしていた」

「じゃあ、ニューヨークに押しかけるという私の賭けは功を奏したのね？」マレカはからかった。

「ペントハウスでエレベーターから降りてくるきみを見るのは、天国でもあり地獄でもあった。きみに会いたくてたまらず、けれど別れを告げに来たのだと思うと恐ろしくて……」カエタノは妻のおなかに手を伸ばし、恭しく撫《な》でた。「この子ともお別れだと思うと……」

彼女の目に幸福の涙がにじんだ。「本当に私を愛しているの、カエタノ？」

彼はしっかりと妻の顎を手で支えた。その目は深い感情に輝いている。「本当に。心の底から。そして藁《わら》にもすがる気持ちできみの慈善団体に匿名で寄付をしたんだ。資金の運用できみが忙しくなって、僕との別れ話などにかかずらっていられなくなるのを期待して」

マレカの目が大きく見開かれる。「あの寄付はあなただったの？」

「僕がきみの仕事ぶりをずっと見守っていて、すべての功績を誇らしく思っていることを知っていてほしい。どんな形であれ、きみを応援し続ける」

「ああ、愛しているわ、カエタノ。私もあなたを失ったかと思って絶望していたの。そうじゃなかったと知って、どんなにうれしいか」

マレカが夫の腕に倒れこむと、彼はしっかりと抱きしめた。そして二人の唇は熱烈な再会を果たした。

そんな二人をミズ・スマイスは部屋の向こうから見ていた。「この指輪はどうしましょう？」

「それはマレカ次第だが、どうするかはもう決まっているんじゃないか、いとしい人《ケリーダ》？」カエタノが妻より先に答えた。

彼女は笑みをこらえて指輪に手を伸ばした。「ええ、やっぱり持っているわ。二つの指輪は、私があなたの愛を勝ち取るために戦ったことを思い出させてくれるから」

カエタノは指輪を手に取り、彼女の指に一つずつはめた。「神かけて誓うよ、ケリーダ。きみが僕の愛を疑うようなことは二度と起こらないと」

「そして、あなたがどこにいようと、私の心はあなたの帰りを待っていると約束する。さあ、私を家に連れていって。私たちの人生をしっかりと一から始めましょう」

カエタノは妻を抱き寄せ、まばゆいほほ笑みで彼女の世界を隅々まで照らした。

「何をしているの？」

「僕たちはここから始まったんだ。もう少しこのままでいたい。それに、まだきみのコレクションの残りを試していないし」

「私のコレクション？」

カエタノはうなずいた。「二週間前、アリアナにきみの宝石箱に入れさせたブレスレットに合うものをそろえたんだ」

「まあ、そうだったの……」

「きみに僕が選んだものをつけてほしかった。きみがあのブレスレットを気に入っていることをアリアナから聞いたとき、どんなにうれしかったか」

マレカの私的コレクションがある部屋に足を踏み入れると、カエタノはもう一度キスをした。数カ月前、マレカがダイヤの婚約指輪を選んだ部屋だ。椅子に座るなり、マレカは息をのんだ。

カエタノは固まった。「どうした？」

「赤ちゃんが動いたの。きっと喜んでいるんだわ」

驚きと愛に目を輝かせてカエタノは妻にキスをした。「きみを永遠に愛する。そして、この子も。僕のすべてをかけて」

「そして私たちもあなたを愛している。百万倍も」

エピローグ

十カ月後。

「このコレクションが完成する日は来るの？」憤慨したいが、マレカの心はあまりにも満たされていた。

ミズ・スマイスは、いつもどおりすばらしい作品を並べたあと、フィゲロア一家を残して姿を消した。

「どの作品も我が子の母親にとてもよく似合っているのだからしかたがない」

カエタノの目は純粋な愛と献身に輝いている。彼が手を伸ばし、息子のハビエルの頬を撫《な》でると、マレカの胸は至福の喜びにときめいた。

「さあ、ダイヤを選んで、マイ・ラブ。これは僕の絶対的な愛のあかしなのだから」

ハーレクイン®

秘書が薬指についた嘘
2024年6月5日発行

著　　者	マヤ・ブレイク
訳　　者	雪美月志音（ゆみづき　しおん）
発 行 人	鈴木幸辰
発 行 所	株式会社ハーパーコリンズ・ジャパン 東京都千代田区大手町 1-5-1 電話 04-2951-2000（注文） 0570-008091（読者ｻｰﾋﾞｽ係）
印刷・製本	大日本印刷株式会社 東京都新宿区市谷加賀町 1-1-1

ISBN978-4-596-77654-9 C0297

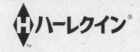

◆◆◆◆ ハーレクイン・シリーズ 6月5日刊 発売中

ハーレクイン・ロマンス
愛の激しさを知る

秘書が薬指についた嘘	マヤ・ブレイク／雪美月志音 訳	R-3877
名もなきシンデレラの秘密 《純潔のシンデレラ》	ケイトリン・クルーズ／児玉みずうみ 訳	R-3878
伯爵家の秘密 《伝説の名作選》	ミシェル・リード／有沢瞳子 訳	R-3879
身代わり花嫁のため息 《伝説の名作選》	メイシー・イエーツ／小河紅美 訳	R-3880

ハーレクイン・イマージュ
ピュアな思いに満たされる

捨てられた妻は記憶を失い	クリスティン・リマー／川合りりこ 訳	I-2805
秘密の愛し子と永遠の約束 《至福の名作選》	スーザン・メイアー／飛川あゆみ 訳	I-2806

ハーレクイン・マスターピース
世界に愛された作家たち
～永久不滅の銘作コレクション～

純愛の城 《特選ペニー・ジョーダン》	ペニー・ジョーダン／霜月　桂 訳	MP-95

ハーレクイン・ヒストリカル・スペシャル
華やかなりし時代へ誘う

悪役公爵より愛をこめて	クリスティン・メリル／富永佐知子 訳	PHS-328
愛を守る者	スザーン・バークレー／平江まゆみ 訳	PHS-329

ハーレクイン・プレゼンツ作家シリーズ別冊
魅惑のテーマが光る
極上セレクション

あなたが気づくまで	アマンダ・ブラウニング／霜月　桂 訳	PB-386

※予告なく発売日・刊行タイトルが変更になる場合がございます。ご了承ください。

5月刊 好評発売中！

Harlequin 45th Anniversary

“ハーレクイン”の話題の文庫
毎月4点刊行、お手ごろ文庫！

作家イメージカラー入りの美麗装丁♥

『白いページ』
キャロル・モーティマー

事故で記憶の一部を失ったベルベット。その身に宿していた赤ん坊をひとりで育てていたある日、彼女の恋人だったという美貌の実業家ジェラードが現れる。

（新書 初版：R-326）

『蝶になるとき』
ダイアナ・ハミルトン

イタリア屈指の大富豪アンドレアに片想いしている、住みこみの家政婦マーシー。垢抜けず冴えない容姿をアンドレアに指摘され、美しく変身しようと決意する！

（新書 初版：R-2155）

『やすらぎ』
アン・ハンプソン

事故が原因で深い傷を負い、子供が産めなくなったゲイルは、魅惑の富豪にプロポーズされる。子供の母親役が必要だと言われて、愛のない結婚に甘んじるが…。

（新書 初版：I-50）

『愛に震えて』
ヘレン・ビアンチン

10代のころから、血のつながらない義兄ディミートリに恋をしているリーアン。余命わずかな母を安心させるために、義兄から偽装結婚を申し込まれ、驚愕する。

（新書 初版：R-1318）

※ハーレクインSP文庫は文庫コーナーでお求めください。

特選ペニー・ジョーダン

純愛の城

ハーレクイン・マスターピース
東京・ロンドン・トロント・パリ・ニューヨーク・アムステルダム
ハンブルク・ストックホルム・ミラノ・シドニー・マドリッド・ワルシャワ
ブダペスト・リオデジャネイロ・ルクセンブルク・フリブール・ムンバイ

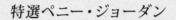

A SECRET DISGRACE

by Penny Jordan

Published by Harlequin Japan,
a Division of K.K. HarperCollins Japan, 2024